KB099766

적벽돌집 소녀

적벽돌집 손녀

발행일   2022년 7월 15일

지은이   최영만
펴낸이   손형국
펴낸곳   (주)북랩
편집인   선일영   편집   정두철, 배진용, 김현아, 박준, 장하영
디자인   이현수, 김민하, 김영주, 안유경, 신혜림   제작   박기성, 황동현, 구성우, 권태련
마케팅   김회란, 박진관
출판등록 2004. 12. 1(제2012-000051호)
주소   서울특별시 금천구 가산디지털 1로 168, 우림라이온스밸리 B동 B113~114호, C동 B101호
홈페이지 www.book.co.kr
전화번호 (02)2026-5777   팩스   (02)2026-5747

ISBN   979-11-6836-397-7 03810 (종이책)   979-11-6836-398-4 05810 (전자책)

잘못된 책은 구입한 곳에서 교환해드립니다.
이 책은 저작권법에 따라 보호받는 저작물이므로 무단 전재와 복제를 금합니다.

(주)북랩 성공출판의 파트너

북랩 홈페이지와 패밀리 사이트에서 다양한 출판 솔루션을 만나 보세요!

홈페이지 book.co.kr   •   **블로그** blog.naver.com/essaybook   •   **출판문의** book@book.co.kr

최영만 장편소설

적벽돌집 소녀

북랩

작가의 말

적벽돌집 손녀 신명순은 돈 많은 신랑감을 만나 시집가면 된다는 친구들처럼 살아서는 안 된다는 생각이 들었다. 그러니까 문명화된 현대사회에서 사람 대접을 받으려면 서울대학교를 나와야만 한다는 것이다. 그런 생각은 대학에 들어갈 시점이 아니라 중학생 때부터 시작되었다.

그렇지만 서울대학교에 들어가기에는 공부 실력이 턱없이 부족해서 고민이었다. 다행히 수학 점수만은 누구보다 괜찮아서 수학 점수 하나만으로 서울대학교에 도전하겠다고 마음을 먹는다.

서울대학교에 들어가겠다는 신명순의 생각을 알아차린 부모는 말도 안 될 꿈일랑은 접고 집에서 다닐 수 있는 대학에 입학원서를 써내라고 한다. 신명숙은 지방 대학은 취직조차 어렵다면서 입학원서를 서울대학교에 기필코 내겠다고 고집한다. 부모는 고집을 꺾기 힘들어지자 신명숙을 서울대학교 입학원서 제출 마감 시간까지 할머니의 감시하에 방에다 가둬둔다. 그러나 할머니가 남북을 오가지도 못하게

막은 철조망처럼 무감각한 존재는 아니지 않은가.

　신명숙은 할머니를 속이기는 어쩌면 식은 죽 먹기라는 생각에 "이제 다 포기했으니 할머니, 나 친구한테 전화나 한번 하고 오면 안 돼?" 하며 꾀를 부리고, 할머니의 감시망을 뚫고 서울대학교에 입학 원서를 제출한다.

　주인공의 그런 엉뚱한 발상은 누가 봐도 철없는 짓이기는 하나 도 전 앞에는 하늘은 스스로 돕는 자를 돕는다는 격언처럼 주인공을 돕 는 선한 사람들이 나타나게 되고 결국은 서울대학교에 들어가게 된다.

　뿐만이 아니다. 주인공은 자본주의 혜택을 누리고 살아가는 가는 사 람들 가운데 선한 마음을 보여주는 이들을 보면서 진정한 자본주의 가 무엇인지를 깨닫게 되고, 이들처럼 주인공도 주변 사람들에게 칭 찬받으며 살아간다. 진정한 자본주의가 무엇인지 깨달은 주인공의 삶 을 학교 친구들 말처럼 어쩌면 운이라고 폄하할 수도 있겠으나 그렇 다고 해도 도전 없이 가능했겠는가.

　이런 얘기에서 시대적 변화라 할지 몰라도 이젠 명맥만 살아있는 상태에 놓인 공산주의 이론과 사기, 탈취가 아닌 이상 많이 가져도 된 다는 자본주의 이론이 무엇인지 그대들은 생각만이라도 해봤는가 말 이다. 그러니까 자본주의는 옛날얘기라 말할 수 있겠으나 인심仁心은 쌀독에서 나온다는 얘기가 있듯 말이다.

아무튼 주인공은 생활 형편이 괜찮은 작은엄마로서 용돈만 부족하지 않게 주어도 괜찮을 조카들이나 그것을 뛰어넘는 친아들처럼 대해주는 게 좋겠다는 생각까지다. 그러니까 노년에서 받게 될 보험 성격 말이다.

여기서 말하는 보험 성격이란 넓게 봐서 국가적으로는 평화일 테지만 주인공 개인적으로는 화평和平이지 않겠는가.

✦

"할머니!"

"무슨 말 하려고 정답게 부르냐?"

"그게 아니라. 할머니, 나 서울대에 안 가기로 했어."

말은 서울대학교에 안 가겠다 했지만 그게 아니다. 거짓으로라도 할머니를 안심시키기 위함이다. 그런 내 마음을 할머니는 모르실 거다. 서울대학교는 공부 천재라는 말을 들으면 또 몰라도 그렇지 않으면 꿈도 못 꾸는 곳이다.

그러나 나는 중학교 때부터 서울대학교가 꿈이었다. 그러기에 서울대학교를 죽어도 포기를 못 한다. 다른 사람은 가당치도 않은 서울대학교라고 말할지 몰라도 공부 천재들만 있다는 서울대학교에 붙기만 하면 모든 문제는 다 풀리기 때문이다. 그렇기는 서울대학교만 나오면 부잣집 신랑감도 만날 수 있다. 미스코리아 진선미처럼은 아니지만 예쁘다는 말도 듣는다. 그래서든 서울대학교는 일등이고 꼴찌이고는 의미가 없다. 그냥 서울대학교 출신이면 된다.

"서울대 포기했다고?"

"그래."

"잘 생각했다."

"생각해 보니 서울대에 붙어 봤자 다니지 못할 것 같아서"

"그래, 잘 포기했다."

"그래, 네 언니도 대학에 보낼 형편이 못 돼 고등학교만 다니고 취직했잖아. 명순이 너도 그래라."

할머니는 기특하다는 눈빛으로 나를 보신다.

"이제 다 포기했으니 할머니, 나 친구한테 전화나 한번 하고 오면 안 돼?"

"무슨 일로?"

"무슨 일은 무슨 일이야, 나 딴 데는 안 갈 테니 염려는 말어."

"지금 몇 시냐?"

"열두 시가 다 돼 가는데 왜?"

지금 몇 시냐 물으심은 서울대학교 입학원서를 접수하러 가려면 시간이 되는지 안 되는지 그걸 보자는 말씀이겠지.

"그래, 열두 시가 돼 가기는 하네. 그런데 친구에게 전화할 거면 집 전화기도 있잖아."

"집 전화는 할머니가 듣잖아."

'할머니는 못 가게 가로막고 계시지만 나는 무슨 수를 써서라도 서울대학교에 가야만 해요. 서울대학에 가겠다는 생각은 지금이 아니라 중학생일 때부터예요. 그러니 엄마 아빠에게 모른 체도 해주세요.' 나는 그런 생각으로 할머니를 본다.

"이것 봐라. 할머니가 들으면 안 되는 거야?"

"할머니가 듣잖아."라는 손녀의 말에 할머니는 부아가 나신 말투이다.

"안 될 거야 없지. 그렇지만 우리끼리 해야 할 말도 있잖아. 할머니는 참."

"너네들 비밀은 할머니가 다 지켜줄 수 있는데 그러냐."

"할머니는 손녀딸을 그렇게도 못 믿어?"

그래서는 안 되겠지만, 할머니 속여먹기는 식은 죽 먹기라고 했던가. 어떻든 어쩔 수 없어요. 할머니… 나 오늘 서울대학에 입학원서를 꼭 내야만 해요, 할머니….

"이것아. 할미가 네 말을 왜 못 믿어. 믿지."

"나도 할머니 말 믿어."

"그래 할미 말 믿으면 됐지 무슨 말이 더 필요해 이것아!"

"우리 할머니 최고다. 나중에 맛있는 거 사 드릴게…."

"그때가 언젠데…."

세상에 손녀 미워할 할머니도 있을지 모르겠으나 할미는 "너희들이 곁에 있어 주어 얼마나 위로가 되는지 모른다."라고 대놓고 말을 안 했지만…. 갑자기 할머니가 미소를 지으신다.

"그거야, 당장은 아니고 취직하면이지."

"야! 앓느니 죽겠다."

"우리 할머니는 좀 그러신다."

"알았어, 전화만 하고 와라. 딴 데 갈 생각은 말고."

할머니는 벽에 걸린 뻐꾸기시계를 보시더니 갔다 오라고 하신다.

"딴 데 갈 곳도 없어. 그런 걱정 안 해도 돼."

"알았다. 갔다 와라."

서울에 가기는 이미 틀린 것처럼 보이는 데다가 요즘 애들 꿍꿍이 속을 잘 모르는 할머니는 감시를 포기한다. 미심쩍기는 하다만 나를 우리에 갇힌 동물처럼 옴싹달싹 못하게 묶어 놓기에는 내가 너무 사랑스러운 것이다.

나는 "알았어. 전화만 하고 올게." 하고 엄마 친구이기도 한 길 건너 무등세탁소로 달려간다.

"안녕하세요."

나는 엄마와 같은 계모임에 든, 친절한 무등세탁소 아줌마에게 꾸벅 인사한다.

"아니, 명순이 너 서울에 안 간 거야?"

"서울 간다고 누가 그래요?"

"뭔 소리야. 다 듣고 있어."

"그래도 아니에요. 저 서울대에 안 가요."

"서울대에 안 갈 거면 왜 왔어?"

"그런 얘기 하지 마시고 돈 있으시지요?"

"돈?"

"예."

"있기는 한데 그러면 얼마나?"

세탁소 아줌마는 내가 서울대학교에 안 갈 거라고 말했지만 그대로 믿기는 미심쩍다는 눈빛이다.

"10만 원만이요.(짜장면 5천 원 계산으로)"

하룻밤을 보낼 것 같으면 10만 원으로는 부족하겠지만 입학원서 대금만은 있어야 해서다.

"돈 빌려주면 서울 갈 거 아냐?"

"지금 몇 신데요, 서울 못 가요."

"그거야, 시간이 모자랄 것 같기는 하다만…."

"서울은 다 틀렸어요."

"그러기는 하다만, 너한테 돈 빌려준 걸 엄마가 알면 돈은 왜 빌려주었느냐고 혼날지도 모르는데…."

"그런 걱정은 안 하셔도 돼요. 서울은 안 갈 테니까요."

"그러니까 10만 원이면 되는 거야?"

"예, 10만 원이면 돼요."

서울대학교에 들어가기 위해 그동안 시내 버스비를 아끼고 이런저런 씀씀이를 줄여서 모은 돈만으로는 부족할 것 같아서다.

"자, 10만 원이다."

세탁소는 큰돈까지는 아니어도 돈은 항상 있다. 그렇기도 하지만 친구 딸이 빌려 달라는데 아니라고 누군들 거절하겠는가. 무등세탁소 아줌마는 더 달라면 더 줄 수도 있다는 표정으로 돈을 나에게 빌려 준다.

"고맙습니다."
"모르겠다. 많지도 않은 돈 빌려주면서 어디다 쓸 건지 묻기는 아닌 것 같고…."
세탁소 아줌마는 혼잣말하듯 중얼거린다.
"저한테 돈 빌려주었다는 얘기 당분간은 하지 마세요."
"알았어. 말 안 할게."
멍청이가 아닌 이상 서울 가는 데 차비로 빌려 간 돈이라는 걸 왜 모르겠는가. 내가 서울대학교에 들어갈 거라는 얘기를 우리 엄마로부터 듣고 있었는데 말이다.

하기는 이 시간에 서울 가자 도 시간이 모자라기는 하다. 그렇지만 큰돈도 아닌데 돈을 못 빌려주겠는가. 무등세탁소 아줌마는 그런 생각으로 돈을 빌려주었을 것이다.

나는 돈을 빌려주어 고맙다는 인사를 깍듯이 하고 바쁘게 나간다. 서울대학교에 들어가겠다고 했지만, 나는 조선대학교 부속 고등학교에서 학교 성적은 중간 정도이다. 그러기에 상식적으로 서울대학교는 꿈도 꿀 수 없다. 그러나 떨어지면 떨어질지라도 입학원서만이라도 내야겠다는 나의 생각은 누구도 못 말릴 상황이다. 그래서 할머니에게 거짓말을 하고 서울행 고속버스를 타고 만다.

"기사 아저씨!"

"왜?"

"죄송한데 저 서울대에다 입학원서를 낼 거예요."

"뭐? 서울대에다 입학원서를 낼 거라고?"

"네."

"서울대도 입학원서 접수 마감 시간이 있을 건데?"

"있지요."

"몇 시까진데?"

"오후 6시까지요."

"그러면 늦을 것 같은데…."

고속버스 기사 말은 길이 막히지 않고 중간에 고장만 아니면 가능
하다는 말투다.

"서울대 입학원서 접수 마감 시간은 오후 6시까지라고 되어있네요."

"그러면 일찍 좀 나서지 그게 뭐야."

"그런 줄 알면서도 늦었는데 죄송합니다."

"나에게 죄송할 필요는 없지만, 도착시간이 몇 신 줄이나 아니?"

"고속버스는 처음이라 도착시간은 몇 신데요?"

"그러면 서울도 처음이라는 거잖아. 서울대도 그렇고."

"그래요. 모두가 처음이에요."

"허 참, 그래 일단은 가보자고."

"그런데 출발은 언제 해요?"

"출발시간은 7분 남았어."

"7분 남았어도 다 탄 것 같은데요."

"아무리 급해도 출발시간은 정해 있어서 시간을 기다리는 거여."

"…."

시간적으로 서울대학교 입학원서 제출은 어림없을 것 같기는 하나 일단은 고속버스에다 몸을 실었다. 그렇지만 아무리 좋게 생각을 해도 순 엉터리 짓이다. 그래, 전화만 하고 오겠다는 할머니는 서울행 고속버스를 탄 줄도 모르실 거지만 말이다. 그러나 돕는 신이 계시기라도 한다면 이럴 때 도와주시는 게 맞지 않을까 싶다. 서울대학교에 무사히 들어가게 말이다. 어림없다만 하지 말고.

"그러면 지금 시간이 오후 2시 30분이니까 될지 모르겠는데 한번 열심히 가보자고."

"기사 아저씨 죄송해요."

"죄송은 무슨 죄송, 그건 아니여."

고속버스 기사는 룸미러를 휠끗 나를 보더니 마구 내달린다. 평소에는 그렇게 몰지는 않았을 것이다. 고속버스 기사는 "정읍휴게소를 지나면서 신탄진휴게소에 잠깐 들릴 테니 그리들 아십시오. 그리고 화장실 이용 시간은 7분 정도 드릴 텐데 양해 바랍니다." 하면서 초고속으로 내달린다. 고속도로는 과속카메라도 없겠다. 한산하겠다. 운전 실력도 베테랑이겠다. 잘도 내달린다. 저만치 앞서가는 고속버스를 추월, 추월 계속 추월이다. 신나게도 내달린다. 너무 달린다는 승객도 없다. 그래서든 도착하기까지 이상이 없으면 과속했느냐고 말할 승객 누가 있겠는가마는 그렇고, 같은 자리에 오십 대 중반 아저씨가 창문 쪽에 자리했고, 나는 복도 쪽에 자리한다.

"아니, 학생인 것 같은데 맞는 건가?"

옆자리 아저씨가 먼저 말을 건다.

"예, 학생이에요."

"그렇구먼, 그리고 기사 아저씨랑 얘기하는 걸 듣기는 했으나 집은 광줄까?"

"예, 광주예요."

"그러면 살기는 무슨 동에?"

"월산동이에요."

"내가 너무 꼬치꼬치 묻는 게 아닌지 모르겠네."

"아니에요."

"아니면 다행이나 나는 서울에 사는데 금호동에 볼일이 있어서 잠깐 들렸다가 올라가는 중인데 학생과 얘기해도 싫지는 않을까?"

"싫지 않아요. 무슨 말씀이든 하세요."

"그러면 심심도 해서 그런데 얘기도 좀 하면서 가자고…. 그래도 괜찮겠지?"

"예, 괜찮아요. 말씀하세요."

"아까 차를 타면서 기사님한테 서울대에 입학원서 제출하러 간다고 했던가?"

"예, 서울대에 입학원서 제출하러 가요."

"서울대 입학원서를 내러 간다면서 미리 좀 나서지 그랬어."

아저씨는 좀 이상하다는 표정으로 나를 슬쩍 본다.

"부모님이 말리시는 바람에 이렇게 됐어요."

"부모님이 말리셨다면?"

"그러니까 가까운 대학도 있는데 서울까지냐는 거지요."

"그러면 서울대는 어디에 있는지는 알까?"

"몰라요."

"서울대가 어디에 있는지도 모른다고?"

"예, 서울은 처음이에요."

"서울은 처음이라고?"

"예."

"처음이면 기다리는 사람은 있고?"

"기다리는 사람도 없어요."

"허허, 이거야…."

'참… 못 말릴 학생이구면, 입학원서 접수 시간도 촉박하고 서울이 처음이라면서 도와줄 사람도 없다면 이거야 정말 내가 도와주어야 할 사람으로 제대로 걸려든 셈 아닌가? 아무튼 이런 어려운 상황을 보고서도 몰라라 해서는 죄인이다. 그래서든 세상을 그만큼 살아본 중년으로서 야박한 사람은 아니니 도움이 될 때까지는 도와줄 테다.'라는 아저씨의 눈빛이다.

"입학원서 낼 시간까지는 도착할까요?"

"오후 6시까지라니 이런 속도로 가면 그럴 것 같기도 한데 모르겠네."

"이렇게 빨리 달리는 고속버스도 있네요."

"고속버스는 늘 타보지만 이렇게 빠르기는 처음인 것 같은데 학생을 위해 빨리 달리는가 봐."

"그래요? 기사님도, 아저씨도 감사해요."

고속버스는 전주휴게소를 지나오면서 말해 두었던 신탄진휴게소로 들어간다.

"볼일만 보고 그냥들 오셔야 할 것 같습니다. 그러니 죄송하지만 양해 바랍니다. 그리고 차 번호 꼭 기억해 두세요."

고속버스 기사 말이지만 승객은 기사 말에 토를 다는 일이 없기는 하겠으나 승객 누구도 다른 말을 하는 사람이 없고 5분도 안 되게들 승차한다. 기사는 승객이 다 타기는 했는지 승차 인원 점검을 하고는 곧바로 출발이다.

"그러니까 서울이 처음이면 고속버스를 타보는 것도 처음이겠네?"

"처음이에요. 그런데 몇 시에나 도착할까요?"

"도착시간은 기사님더러 물어봐야 하겠지만 학생이 서울대 입학 원서를 내게 해주지 않을까 싶기는 하네."

한가한 도로이기는 해도 학생을 위해서인지 고속버스는 초속으로 내달린다. 입학원서를 낼 시간이 여섯 시까지면 시간이 촉박한데… 기다리는 사람도 없다? 이렇게 된 것을 부모님도 모르면 밥값도 없을 텐데?

"아저씨 죄송해요."

"죄송하다니… 학생은 그게 아니잖아."

"죄송해요."

아저씨 말이 아니라도 누구든 제정신이라면 이건 말도 안 되는 짓이다. 그렇지만 서울 가는 버스를 타고 가고 있으니 이 시점에서 집으로 되돌아갈 방법은 없다. 그동안의 생각들 모든 걸 포기하고 그냥 되돌아오게 될지는 서울에 도착한 다음에 생각해 볼 일이지만.

"처음 길은 세상을 많이 살아본 사람도 어리둥절하기는 마찬가지야. 그런데 부모님 몰래 왔다면 필요한 용돈은?"

"필요한 돈이요?"

"그래."

"그런 돈은 아는 사람한테서 빌렸어요."

나는 더 말하고 싶었지만 마음속으로 말했다. '빌리기는 했어도 입학원서 제출비를 내고 나면 다음에는 밥값은커녕 택시비도 부족할 것 같아요. 내가 미치지 않고는 이럴 수는 없는데 미쳐도 한참 미쳤나 봐요. 그러나 미쳤다 해도 상관없어요.' 아무튼 삶을 살아가려면 급할 때 도움이 필요한 이웃을 만들어 놓는 것이다. 곧 무등세탁소 아줌마가 돈을 빌려주시듯 말이다. 그렇게 보면 우리 엄마는 급할 때 써먹으라고 무등세탁소처럼 돈 빌릴 곳을 미리 만들어 놓은 건 아닐까.

그런 점에서 생각해 볼 수 있기는, 물건을 사더라도 가능하면 집과 가까운 가게를 이용하는 것이다. 그것도 단골로 말이다.

"사실을 부모님도 모르고?"

"그렇지요."

"지금의 사실을 학생 부모님이 아시면 놀라시겠다."

"당연히 놀라시겠지요. 그렇지만 어쩔 수 없어요."

"말을 들으니 일시적 생각이 아닌 것 같은데 그런 건가?"

"그렇지요. 그러니까 중학생 때부터이어요."

"중학생 때부터라고?"

"아저씨도 부정하지 않으시겠지만 서울대는 사회를 쥐락펴락할 수 있는 대학이잖아요."

"아니, 서울대가 쥐락펴락?"

"그게 사실이잖아요. 곧 출세 말이에요."

"그런가?"

"그럼요. 서울대에 가기 위해 얼마나 많은 학생이 몸부림치는지 봐 섰습니다."

"학생 말을 듣고 보니 맞는 말이네."

그래, 서울에 사는 학생들에 한할지 몰라도 대학을 앞에 둔 학생 들마다는 다 그럴 것이다. 시험점수 높이기 위해 강남학원들로 달려 간다는 말을 들으면 말이다.

"그런데 궁금한 거 한가지 여쭤봐도 돼요?"

"그래? 궁금한 게 뭔데?"

"그러니까 자녀분들이요."

"우리 애들은 두 녀석들이여."

"둘씩이면…."

"그러니까 4남맨데 생각들이 제각각인 것 같아."

"그렇겠지요. 제 형제들도 그러니까. 이를테면 언니는 은행직원이 되기 위해 상고를 선택했으나 저는 전혀 엉뚱할 수도 있는 서울대를 선택했으니까요."

"그러면 공부도 죽어라 했겠는데…."

"당연히 죽어라 했지요. 그렇지만 입학제도가 불만이어요."

"입학제도가 불만이라고?"

"이를테면 수학을 잘하는 학생들끼리 경쟁시켜야 한다는 것입니다."

"맞는 말이기는 한데 그러면 지금 말이 학생은 수학을 자신한다 는 건가?"

"자신까지는 아니어도 수학이 제 전공과목이어요."

"와, 대단한 학생이다."

"아니에요. 욕심뿐이어요."

"그런 욕심은 허튼 욕심이 아니여. 학생은 앞으로 성공한 사람으로 서게 될 거여."

"감사합니다."

"감사 말은 학생이 아니라 내가 해야 할 것 같아. 나는 4남매를 둔 아빠로서 학생으로부터 배우게 돼서여."

"근데 여기는 어딜까요?"

"여기는 천안을 지났으니까 아마 기흥일까 싶네."

"그래요?"

"여기는 안성입니다."

이번엔 버스 기사 말이다. 그래, 내가 운전대 바로 뒷좌석에 자리했기에 동석한 아저씨와의 얘기를 다 듣고 있었을 테다. 그래서 쑥스럽기는 하다. 그러나 동석한 아저씨와의 얘기가 흉 될 일은 아니지 않은가. 그래서든 기사님도 나처럼 엉터리 같은 딸도 있을까 몰라 궁금은 하나 고속버스 기사님 운전은 오로지 나를 위해서이다. 그래서 살아볼 만한 세상이라고 했다는 누구의 말이 맞는 것 같다.

"아니, 서울대에 들어가기가 얼마나 어려운데… 아무튼 학생은 대단하다."

"아저씨, 그런데 저 서울이 처음인데 서울대까지만 데려다주시면 안 될까요?"

참 좋은 분이기는 하나 해야 할 일이 바쁘다는 이유로 택시만 태워주면 안 될 것 같아서다.

"걱정 말어. 데려다줄게."

"아저씨를 만난 것이 천만다행이네요."

"나를 만난 것이 다행이라고?"

"서울도 처음인데 아저씨를 못 만났으면 어떻게 되겠어요. 그래서요."

"학생은 택시를 몰라?"

"알지만 저는 시내버스밖에 안 타 봤어요."

"학생이니까 그렇기는 하겠지만 택시는 목적지만 알려주면 다 알아서 데려주는 것이 택신 거여."

"그 정도는 알지요."

"알면서 왜 물어?"

나는 혼자 처음으로 서울로 가는 길이고 아직 학생이다. 그러니까 사회에 발을 내딛지도 않은 여학생 말이다.

"그렇지만 너무도 두려워요."

"두렵겠지. 그나저나 오늘은 학생에게 좋은 일이 생길 징조인가 싶다."

"아저씨 정말 감사해요."

"처음 길이면 헤맬 텐데. 아무튼 나를 만난 것이 다행이기는 하다."

서울대학교에 들어가겠다는 생각만으로 고속버스에 탑승했을 뿐 서울이 어디에 있는지조차 모르는 여학생을 보면서 누군들 나 몰라라 하겠는가. 동석한 아저씨도 딸이 있는데 말이다.

"아저씨 감사해요."

"감사는 무슨 감사. 서울대에 붙는 것이 중요하지."

"그렇기는 해도요."

이렇게까지는 아무리 봐도 엉터리이다. 그러나 고속버스 기사님이나 자리를 같이한 아저씨를 만난 건 잘되라는 징조다. 조금 전 아저씨 말이 아니어도. 그래서인지 두려운 생각이 조금은 덜해졌다. 그런데 아저씨와 주고받는 얘기를 옆 좌석 중년 아저씨도 듣고 있었는지 슬쩍 본다.

"입학원서만 제출하고 곧바로 내려가야겠지? 부모님도 모르신다면…."

"내려가는 버스는 늦게까지도 있을까요?"

"늦게도 있는 것 같아. 오후 9시까지도…."

"그러면 됐네요."

"서울대에 붙으면 학교는 서울에서 다녀야 할 거잖아."

"그래야겠지요. 집이 광주라서요."

"그러면 다닐만한 곳은 있을까?"

"아직은 없어요."

"방법은 있고?"

"방법도 없어요."

"뭐야? 방법조차 없으면 어떻게 해, 말도 안 되게."

"그렇기는 해도 붙기만 하면 어떻게든 다닐 거예요."

"그러면 서울에 친인척이라도?"

"친인척이에요?"

"그래."

"친이모는 아니어도 이모는 계세요. 그렇지만 거기는 생각지 않아요."

"그래도 다른 방법이 없다면 이모 집이라도 생각해 봐야지 않겠어."

"그 이모는 나를 재워줄 형편도 못 돼요."

이모이기는 해도 친이모도 아닌데다 그날그날 벌어먹고 살아간다는데 그런 이모 집에 빌붙어 있을 수는 없다. 그래서 오늘 아저씨 도움 말고는 누구의 도움도 받지 않을 테다. 앞으로의 상황이 어떻게 전개될지는 알 수 없어도 각오만은 되어있다. 부정적 생각에는 길이 없어도 몸부림 앞에는 길이 있다지 않은가.

예가 될지는 몰라도 책에서 봤던 내용이나 유태영 박사는 공부가 너무도 하고 싶어 선진국인 덴마크 국왕에게 사정을 편지로 쓴 게 비행기 표는 물론 숙식비, 학비, 용돈까지도 받게 돼 두말없이 달려갔단다. 그러나 그것으로 다일 수 없는 덴마크 말을 몰라 공부는 그만두더라도 생활조차도 어렵게 돼 야단이었다. 그래서 덴마크 말 배우기에 매달리니 일상적 언어는 3개월 만에 다 배워지더라는 것이다. 그러니까 엉터리인 나처럼 절박함 말이다.

세상사 생각을 해보면 준비된 일이 순탄할 수도 없지는 않겠으나 성공까지는 아닐 것이다. 그래서든 나는 말할 필요도 없이 도전자다. 물론 철없는 도전이기는 해도 말이다.

"이모님 도움도 어렵다면 너무 답답하다."

아저씨는 안타까운 마음에 생각했다. '내 딸 문제가 아니기는 해도 형편만 되면 이 학생을 돕고도 싶다. 그래서든 어른이란 어떤 존잰가. 젊은이들 앞길에 잘 달릴 수 있도록 신작로를 깔아주는 것이 아닐까.'

"아저씨 말씀대로 답답하기는 해도 다음 일은 걱정 안 해요."

"그렇기는 하겠지. 서울대에 붙는 게 중요겠지."

"이렇게는 제가 생각을 해봐도 엉터리예요."

"아무튼 서울대에 붙어도 거처할 숙소도 해결이 안 된 상태라면 간단한 문제가 아니다."

동승한 아저씨는 서울대학교에 붙겠다는 나를 슬쩍 보면서

"그래요 간단한 문제는 아니지요."

내가 이렇게까지 일을 벌인 것을 할머니조차 모른다. 그래서 더욱 서울대학교에 붙어야 한다. 여기에는 이러쿵저러쿵 다른 이유는 없다. 더한 어려움이 있다 해도 포기할 수는 도저히 없다.

"급하면 다리 밑이라도 방처럼 여길 그런 남학생도 아닌 여학생이

라 노숙으로 지낼 수는 더더욱 없을 테고…"

아저씨는 다시 생각했다. '학생 너와 좌석을 같이 해서 얘기를 나누고는 있어도 아저씨인 나도 딸, 딸, 아들, 아들 이렇게 4남매를 둔 아빠다. 그래서 내년이면 여학생 너처럼 대학교에 들어갈 막내딸이 있다. 그래서 맘으로는 도와주고 싶기는 하나 그럴만한 형편은 못 돼 미안하다. 그러나 서울대까지는 데려다줄 테다.'

"나중 일은 나중 일이고, 일단은 합격이 되어야 해요."

"그러면 지원할 학과는?"

"지원할 학과요?"

"그렇지. 지원할 학과…."

"수학과예요."

"천재가 아니고는 못 할 수학? 오우, 서울대 수학과에 붙기는 법대 못지않다던데…."

"수학과가 법대 못지않다고요?"

"잘은 몰라도 말은 들어서이지."

"수학과에 실패할지도 몰라 2지망 학과도 지원할 거예요."

2지망 학과까지는 아직이나 서울대학교 입학제도이기도 해서이다. 그러니까 억울함을 피하라는 학교 측 제도일 것이다.

"그러면 2지망 학과는 어디?"

"아직 정하지는 않았어요."

"아직 정하지 않았다니?"

아저씨는 서울대학교 2지망 학과 얘기는 처음 듣는 얘기일 것이다. 그렇지만 짐작으로는 성적이 부족한 학생들에게 기회를 더 주자는 교육정책 차원이라고 생각할 것이다.

"그러나 2지망 학과는 어디로 할지 생각 중이에요."

"그래?"

"이제 다 와지는 게 아닌가요? 남서울요금소가 보이는데요."

"그래, 시내 사정이 괜찮으면 20여 분이면 도착하겠지."

고속버스는 20분이 아니라 15분 정도에서 도착한다. 그러더니 차문은 곧 열린다. 동승자 중 어떤 사람 말이지만 도착시간 40분 먼저란다.

"기사님 감사합니다."

"그래, 잘 가라. 그리고 서울대에 덜컥 붙고…."

고속버스 기사님은 오로지 나를 위해서였을 것이지만, 전혀 모르는 사람을 이렇게 도와주려는 마음씨들…. 도움을 받은 나도 언젠가는 누군가를 도와야겠다는 마음이 생길 게 아닌가. 그래서 오늘의 고마움이 멀리까지 알려지면 좋겠다.

"서울대에 가는 택시는 있겠지요?"

"다른 말은 말고 어서 따라오기나 해."

"…"

아저씨는 빨리도 가신다. 택시 탈 걱정은 말고 내가 알아서 데려다 줄 테니 어서 따라오기나 해라는 그런 발걸음일 것이지만 아저씨는 달리다시피 한다. 본인을 위해서는 전혀 아니다. 오로지 나를 위해서다. 그렇게 보면 서울 사람들은 얼마나 야박한지 눈을 떴음에도 코를 베간다는 말은 터무니없는 말이다. 참 좋은 세상이다. 모두 감사하다.

"택시가 기다리고 있다. 어서 와!"

"서울대까지 데려다주시게요?"

그런 말까지 안 해도 될 건데 해진다. 고속버스를 타고 오면서 말한 대로 데려다주실 건데 말이다.

"서울은 광주보다 몇 배 더 복잡해. 그래서 몇 번 와 본 사람도 헤매게 돼."

"아저씨 감사합니다."

"감사는 무슨 감사야 서울대학에 붙은 다음에 해도 돼. 지금은 말고."

광주에서 출발한 고속버스는 도착 예정 시간 40여 분을 앞당겨 도착했단다. 그렇게는 도로가 한산하기는 했으나 같은 고속버스 몇 대를 추월했는가? 고속버스 기사님도 대학에 들어갈 나 같은 딸이 있을까? 사람 사는 세상은 이래서 좋다. 다른 때 같으면 옆 사람과 한마디 말도 없이 왔을 텐데, 서울대학교 입학원서 내는 얘기도 나누고 말이다.

"안녕하세요. 택시 타도 돼요?"

서울대학교까지 데려다주겠다는 아저씨 말씀이다.

"예, 타세요. 어디 가실 건데요?"

"서울대요."

"관악캠퍼스 말이지요?"

"예."

"따님이신가 봐요?"

"아니요."

"아니라구요? 괜히 물었는가 본데 미안합니다."

택시 기사 직업이란 승객을 목적지까지 안전하게 데려다주는 운전 직업이지만 말도 해야 승객이 좋아까지는 아니어도 불안은 해서란다. 물론 승객 생각을 읽을 수는 없으나 거스르지 않은 범위의 말을 해야 겠지만 말이다.

"아니에요. 그런데 좀 빨리 가 주셨으면 합니다."

서울대학교까지 데려다주실 아저씨 말씀이다.

"아, 서울대 입학원서를 제출하러 가시는가 보다."

"기사님이 그걸 어떻게 아세요?"

내가 묻는다.

"조금 전에도 입학원서를 낸다는 학생을 태워다 주었거든요."

"그러면 지금 가도 늦지는 않겠지요. 기사님?"

또다시 내가 묻는다.

"접수 마감 시간이 6시라는데 35분쯤 남았으니 될 것 같습니다."

택시는 빨리 가기 위해 지그재그 운전을 하더니 20분도 안 돼어 목적지에 도착한다.

"오, 서울대가 여기구나."

말로만 들었던 서울대학교 관악 캠퍼스….

"입학원서는 잘 챙겼니?"

원서접수 마감 시간이 임박해서 그렇겠지만 아저씨는 입학원서접수장으로 뛰어가다 말고 묻는다.

"아니요."

"뭐? 아니라고?"

"입학원서 용지는 접수장에 비치되어 있다고 해서요."

"그래도 그렇지. 미리 좀 준비해두지…."

물론 아저씨가 자세한 나의 사정까지는 모르겠지만 입학원서는 미리 준비하는 것이 당연한데 너무 엉터리 같다고 생각했는지, 고속버스 타고 오면서 입학원서는 준비했는지 묻기라도 할 건데 그랬나 싶은 표정으로 아저씨는 "어서 따라오기나 해!" 하신다.

"그러려고 했는데 부모님이 눈치를 채시고 막는 바람에 그렇게 됐어요."

나는 그러면서 입학원서 접수장에 급하게 들어서니 도와주는 직원이 있다. 입학원서 접수 마감시간 전에 도착하려고 마음도, 몸도 지쳤는데 마감시간이 아직이라 안도감이 든다. 살펴보니 입학원서 제출은 내가 마지막인 것 같다. 입학원서 접수 직원들 말고는 학교까지 데려다주신 아저씨와 나뿐이기 때문이다.

"그러면 이제 다 됐을까?"
입학원서 제출까지 도와주신 아저씨 말씀이다.
"예 다 된 것 같습니다."
"다 된 것 같다가 아니라 혹 빠진 건 없는지 살펴봐."
"아니에요. 다 됐어요."
아이고 이제는 살았다. 물론 이것으로 서울대 학생이 된 것은 아니지만 일단은 원서접수까지는 마쳤으니 말이다. 아무튼 일차적 관문으로 1지망 수학과와 2지망 간호학과까지 시험을 치러야 할 어려움이 있기는 해도 말이다. 입학원서 제출 시간이 늦지 않게 하려고 애를 써주신 고속버스 기사님, 서울대학교까지 태워다 주신 택시 기사님, 입학원서접수까지를 도와주신 아저씨. 모두는 내 편이다. 떡 줄 사람에게 묻지도 않고 김칫국부터 마시는 꼴이 될지는 몰라도 나는 서울대학교에 기필코 붙을 거라는 믿음을 되새긴다. 그리고 고속버스에 동승을 하셨던 분들까지도 나에게 도움을 주신 것이다. '정말 감사합니다. 이런 감사를 묻어두지 않고 훗날 저도 도움을 주는 사람이 되겠

습니다.'

"다시 말이지만 잊어버린 건 없지?"
"예, 잊어버린 거 없습니다. 다 됐습니다."
"그러면 학생은 곧바로 내려갈 건가?"
"예, 내려가야지요."
"그러면 밥은 먹어야 할 테니, 저녁만은 사줄 게 뭐 먹을 거야?"
"아뇨, 밥 안 먹어도 돼요."
밥 안 먹어도 된다는 말은 서울대학교 입학원서를 제출하기까지만
도 감사하나 집으로 내려갈 차를 놓쳐서는 안 된다는 의사표시다.
"밥 안 먹도 되다니 무슨 소리야. 아침도 안 먹었을 텐데."
"그래도 배 안 고파요."
배 안 고프다는 말은 미안해서가 아니다. 그동안의 꿈인 서울대학
교 입학원서를 제출해서다. 서울대학교 입학원서 제출까지의 사실을
말할 수는 없어도 할머니가 차려주신 아침도 안 먹었기에 위장은 텅
비어 있다. 그러나 서울대학교 입학원서를 제출했다는 안도 때문이다.

"그러지 말고 뭐 먹을지나 말해. 맛난 거 사줄 테니."
"안 사주셔도 돼요. 저 돈 있어요."
"돈이 없어서가 아니여. 아저씨가 사주고 싶어서야."
"감사해요."

"그러면 뭐 사줄까?"

"아무거나 좋아요."

"아무거면 싫은 거 없다는 거잖아. 알았어."

"밥 먹다 버스 시간 놓치면 안 되는데…."

집으로 갈 버스를 놓쳐선 잠시 머물 곳도 없어서다.

"그런 걱정은 안 해도 돼. 막차가 오후 9시까지여. 그러니 다른 말 말고 따라오기나 해."

아저씨는 밥도 사주고. 광주로 내려가는 고속버스터미널까지 데려다주면서 차표까지도 끊어준다. 생각지 못한 아저씨 덕에 광주행 고속버스에 몸을 실었다. 그래, 도와주신 아저씨 말대로 자식이 넷이나 된다면 생김새는 어떠하며 아저씨 직업은 무엇일까? 또 생활 형편은 어디만큼이실까? 주소나 물을걸…. 서울대학교에 붙고 나서 감사했다는 인사라도 드리게 말이다. 이미 지나쳐버린 일을 생각하면 뭘 해. 그나저나 일차적 뜻은 이루었으니 이제는 집에 가서 변명할 일만 남은 것이다.

광주행 고속버스는 제시간에 터미널에 도착했다. 고속버스야 그렇게 도착했으나 왠지 낯설다는 느낌이다. 그렇기도 하지만 나처럼 계속 움직여야 하는 사람들 말고는 대부분의 사람들은 잠자리에 들었을 시간이다. 어떻든 그렇게 해서 나는 집에 들어간다. 그것도 할머니 야단이 기다릴 것은 분명해 고양이처럼 말이다.

"명순이 너 어디 갔다가 이제 오는 거야!"

늦게까지 들어오질 않아 걱정했다는 할머니의 부아가 끓는 말씀이다.

"할머니 아직도 안 잤어?"

"아직도 안 자다니? 네가 안 들어오는데 명순이 너 같으면 자겠냐?"

"할머니 그런데 나 서울대에다 입학원서 냈어."

"뭐야? 너 미쳤구나. 미쳤어."

"그런 말은 말고 합격할 때까지는 아빠 엄마에는 말 말기다. 알았지?"

"말 말라니 그게 뭔 소리야."

"지금은 비밀로 해줘."

'아니, 친구 만나러 간 게 하니라 서울대에 입학원서까지 내고 왔다고? 서울대가 어딘지나 알고? 명순이 네가 얼마 전까지도 어린애였는데 생판 모르는 서울대까지 가서 입학원서를 냈다면 내가 그만큼 늙은 거야? 아니면 명순이 네가 그만큼 커버린 거야? 신통하기도 하고 대견도 하다만 걱정이다. 그래, 명순이 네 생각대로 서울대에 붙었다고 하자. 그렇지만 우리가 돈이 있냐. 서울에서 학교 다닐만한 곳도 없는 걸 명순이 너도 잘 알면서 서울대냐. 세상 물정을 몰라도 유분수지…. 대학을 포기하고 직장에 취직한 네 언니를 봐라. 우리 집 형편으로는 명순이 네가 서울에서 대학교 다니기는 어림도 없는데 안타깝지만 어쩔거나. 할머니는 그런 걱정에 있다. 그래, 이런 문제를 두고 누구는 도전이라 할지 몰라도 너의 성공 가능성은 제로로 봐야 하

기 때문이다.'

"할머니 당분간만이야. 알겠지?"

"당분간만이고, 아니고 밥은 먹어야지 잠잘 시간이기는 하다만…."

"밥 안 먹어도 돼 상 차리지 말어."

"밥 안 먹어도 되다니. 잠잘 시간이라고 해도 먹어야지."

"밥 사 먹었어."

"돈도 없으면서 무슨 돈으로 밥 사 먹어. 밥 사 먹기는?"

"모르는 아저씨가 밥 사주어서 먹었어. 차표도 끊어주시고. 할머니…."

"어떤 아저씬데?"

"모르는 아저씨라고 했잖어."

"그랬구나. 그러면 고맙다는 인사는 했고?"

"인사야 당연하지. 그런데 할머니는 나를 아직도 애기로 보는 거야?"

"무슨 소리야. 명순이 너를 애기로 안 봐."

'대학교 갈 나이인데 애기로 볼 수는 없지. 명순이 네가 몇 년 전만 해도 기저귀 갈아주곤 했는데 언제 시집갈 만큼 커버렸냐. 그래, 고속버스가 태워다주었고, 낯 모르는 아저씨로부터 도움을 받았다지만 서울대가 어디에 있는지도 모르면서 서울대 입학원서까지 알아서 했다면 칭찬할 일기는 하다. 다만 우리가 돈만 없을 뿐이다.

"애기로 안 보면 다행이지만."

"그리고 당분간이라고 했는데 다음은?"

"뭐가 다음이야?"

"서울대에 붙은들 학교를 무슨 수로 다녀. 네 언니도 대학을 가려다 형편 땜에 취직해 버렸잖아."

"서울대에 기필코 다닐 거니 서울대에 붙게 해달라고 기도나 좀 해줘. 할머니⋯."

"무슨 소리야. 명순이 네 소원대로 서울대에 붙는다고 하자. 거기까지가 아니잖아."

"그러니까 학비 때문에?"

"어디 학비만이야 서울에서는 먹고 잘 때도 없잖아. 참 애들은 애들이다. 아무 생각도 없는 걸 보니⋯."

"할머니도 아는지 몰라도 서울대는 등록금도 싸대."

"공짜는 아니고?"

"공짜? 세상에 공짜가 어디 있어."

"그래, 대학을 꼭 가야 할 거면 전남대도 있잖아."

"전남대? 전남대는 서울 사람들은 대학로도 안 봐."

"서울 사람들은 전남대을 대학로도 안 본다고?"

"그래."

할머니는 내 마음을 몰라도 너무 모른다는 눈빛이다.

"전남대가 그렇다 해도 할미는 아무래도 걱정이다."

"할머니 걱정은 내가 서울대에 떨어지길 바라는 건 아니지?"

"서울대에 떨어지길 바라는 할미도 있다더냐."

"아니면 다행이지만."

"서울대에 붙어도 너무 심란해서이지. 일단은 알았다."

'서울대학교에 입학원서를 냈다면 시험까지 못 보게 할 수는 없다. 그렇지만 서울대학교를 포기할 수밖에 없을 것이니 그런 줄이나 알아라.'는 할머니 눈빛이다.

따르릉 따르릉….

"여보세요."

"어머니 저예요. 집안에 별일 없지요?"

부모님은 직장이 멀어서 어쩔 수 없이 자식들을 할머니께 맡긴 상태이나 대학을 가야 할 나 때문에 전화를 거는 거다.

"별일이 있으면 되겠냐. 별일 없다."

"옆에 누구 있어요?"

"있기는 명순이가 있기는 한데 바꿔 줘?"

"예."

"명순아. 엄마다 전화 받아라!"

할머니는 손녀가 걱정스럽다는 표정으로 수화기를 넘겨주신다.

"엄마 왜?"

"명순이 너, 할머니가 하시는 일 도와드리고 있는지 모르겠다."

엄마는 내가 고등학교 졸업반이기는 하나 가정형편상 대학은 포기했을 테고, 졸업하자마자 직장이나 구할 생각이나 하고 있는지 모르겠다는 것을 에둘러 묻는 물음이다.

"그런 말 말고 맛난 거나 사와."

나는 서울대학에 붙은 거나 다름없다는 듯 신나는 목소리로 말한다.

"맛난 게 뭔데?"

"뭐기는 뭐야, 고기지…."

"알았어."

엄마는 딸이 말한 대로 돼지고기 삼겹살을 사 온다. 그렇지만 가정형편상 반찬값조차도 아껴야만 해서 일곱 식구가 먹기는 너무도 적다.

"이게 다야?"

나는 너무도 적다는 투로 말한다.

"그러면 적다는 거야?"

"적어도 너무 적다."

"삼겹살이 먹기는 좋아도 너무 많이 먹는 건 몸에 해롭다고 해서 이만큼만이야."

삼겹살이 먹기는 좋아도 너무 많이 먹는 건 몸에 해롭다는 엄마는 미안하다는 말을 에둘러 하는 것이다.

"그래도 그렇지 식구가 몇인데 셋이 먹어도 모자라겠다."

"알았어, 다음에는 많이 사 올 거다. 그러면 되겠지?"

"그래, 다음에는 꼭 많이 사."

'돼지고기 양이 적은 줄 누구는 모르냐. 안다. 알지만 우리 집 형편으로는 반찬값도 줄이는 수밖에 없어서다. 수입이라고는 매달 받게 되는 월급뿐이다. 그런 월급으로든 수입에 학비로 지출되는 돈이 얼만데 그러냐. 그렇다고 다니고 있는 학교를 포기하라고 할 수도 없잖아. 이것이 엄마인 것을 너희들은 알았으면 좋겠다.'

삶에서 위대한 존재를 말하려면 대다수는 어머니라고 말하지 않을까. 그렇지만 딸들에게는 미안하나 부모들마다는 다 그럴 것으로 딸들보다는 아들들일 것이다. 나이를 먹어서 세상을 떠난 어머니 말이 나오기라도 하면 콧등이 시큰거리는 것을 보면 말이다. 그것은 어머니는 자식을 젖을 물려 살리는 존재이기 때문은 아닐까.

지극히 일부일 것이지만 자식 입장인 어머니는 자연이고, 그것이 당연하다 할지 모르겠지만 이런 문제에 있어 부모도 당연하게 여기고 살아갈 것이 아닐까. 그렇지만 부모와 자식은 말할 것도 없이 피로 연결 지어진 관계임을 한시도 잊지 말 것이다.

그런 관계라도 생물학적으로는 분리가 된 어디까지나 개체관계다.

그렇기는 해도 정신적으로까지 개체관계여서는 안 될 것이다. 그것은 부모와 자식이라는 관계개념이 무너지는 날엔 가정만이 아니라 사회가 혼란스러울 수도 있어서다.

아무튼 젊은이들이 겪게 될 사회적 혼란까지 걱정할 필요는 없겠으나 그렇다고 해도 부모와 자식 간의 끈끈함은 다른 사람 보기에도 감동적이다.

"야, 명순이가 서울대에 입학원서를 냈단다."

서울대학교에 붙을 때까지는 말 말라는 나의 당부를 할머니는 저버린다.

"누가 그래요?"

"누구는 누구야, 명순이 지가 말해서이지."

"그래요? 서울대를 그렇게까지 가고 싶으면 시험이라도 한번 치러 보게 내버려 두세요."

"그렇기는 하겠다만 어렵다."

"서울대 들어가기가 얼마나 어려운지 어머님은 아세요?"

학생이면 너나없이 공부목표가 서울대학에 맞춰져 있을 것이다. 그래서 서울대학에 붙기라도 하면 배출한 학교는 경사인 듯 플래카드를 내걸기까지다. 그리기에 내가 만약 서울대에 붙기라도 하면 사람들은 뭐라고 할지.

"그렇기는 하다만 혹시 아냐. 서울대에 덜컥 붙게 될지…."

"서울대에 들어가기가 얼마나 어려운지 어머님은 잘 모르신가 본데 천재라는 말도 듣는 광주일고 학생들도 몇 명 안 될 거예요. 그렇게 어려운 서울대를 조선대 부속 고등학생 실력으로는 말도 안 돼요. 명순이는 그것도 모르고 서울대에다 입학원서를 냈는가 본데 그냥 두고 보세다. 명순이는 아직도 애네요."

서울대? 말도 안 된다. 명순이 네 실력으로 서울대에 들어간다면 조선대 부속 고등학교는 난리가 날 것은 물론이고, 해외토픽감이다.

"그렇기는 해도 서울대는 어림도 없을 텐데도 명순이는 합격이나 된 것처럼 콧노래도 부른다. 애처로워서 못 보겠다."

"명순이 지 말도 안 될 생각이니 그냥 두고만 보세요."

"그렇지만 걱정스럽다."

"걱정은 무슨 걱정이에요, 떨어질 것은 볼 것도 없는데요."

"떨어질 거라고?"

"그러면 어머니는 아니세요?"

"나는 붙을 것 같은 기분인데. 꿈이 그래서…."

"꿈이요?"

"그래."

"꿈이면 무슨 꿈인데요?"

"아니야 그냥이야."

"아니기는 뭐가 아니에요. 그러니까 어머니는 명순이가 서울대에 붙기를 바라시는 거잖아요."

"그렇지는 않지만…."

"일단은 그런 줄 아시고 그냥 두세요. 어머니."

"이런 말까지 해도 될지 모르겠다만 전날 밤 꿈에 명순이가 금관을 쓰고 서 있어서다."

"금관이요? 에이… 꿈은 꿈이어요. 대학은 실력으로 들어가는 곳이지 복권 당첨처럼 운으로 들어가는 곳이 아니어요."

"그렇기는 해도…."

서울대 학생을 둔 집 사회적 대접은 군수도 찾아온다지 않은가. 그러니까 서울대에 붙기만 하면 돈이 없어도 충분하다지 않은가. 그러니까 학비를 대주는 사람도 있을 것이다. 그러니까 기업 사장이거나 돈이 많은 부자가 며느리 삼을 목적으로 말이다. 우리 명순이가 서울대에 붙기만 하면 예쁘기도 해서 학비 일체를 감당하겠다고 나설 돈 많은 사람이 나타날 것 같은 기분인데 어미 너는 그런다. 들으면 대줄 돈도 없는데 싫다 할지 모르겠으나 서울대에 붙게 해달라고 기도도 한다. 우리 손녀가 서울대에 붙게 해달라고 기도한다 해서 벌금을 물리지도 않겠지만 생각대로 철썩 붙기라도 하면 우리 집은 경사다. 그런데 서울대에 붙기를 어찌 바라지 않겠느냐. 그래, 서울대는 운으로 들어가는 곳이 아닐 것이다. 그러나 서울대는 집 팔아 학비를 댄다는 말도 없다.

"아니어요. 어머니."

"만약에 떨어지기라도 하면 실망이 클 건데…"

"서울대에 붙어도 대학을 다니기는 우리 집 형편으로는 어림도 없잖아요."

"그렇기는 하다만…"

"어머님은 명순이 땜에 병나시겠어요. 신경 쓰지 마세요."

'철이 없어도 유분수지 이놈의 기집애가. 쥐어박을 수도 없고‥ 명순이 네가 공부를 잘해 서울대에 붙어 전액 장학생이라고 해도 먹고 자고는 어떻게 할 것이냐. 그래, 생각지도 않게 학비도 대주고 재워주고 먹여주겠다는 그런 사람이 나타난다면 또 모를까.' 신명순 엄마는 시어머니와 전화로 그런 말을 했으나 집 일이 너무도 궁금해 하루 휴가를 얻어 집에 온다.

"왔냐!"

"예 어머니."

"같이 안 오고?"

"오늘은 같이 못 오고 저만 왔어요."

"애비 몸은 괜찮고?"

"아직 젊은데 건강을 걱정하세요. 나이 육십도 안 됐는데요."

"건강을 나이만 믿어서는 안 된다."

"알겠습니다. 그런데 생활비 넉넉하게 드리지 못해 죄송해요."

그렇다. 애들이 두 살 터울로 줄줄이 여섯이나 된다. 말도 안 되게 서울대학을 가겠다고 고집인 명순이 말고도 고1 하나, 중 둘, 그리고 초등생이 있지 않은가. 돈이 안 들어갈 놈이라고는 직장을 가진 맨 위 명희만이다. 그래서 택시를 탈 만큼 급한 일이야 없겠지만 택시비도 아껴야 할 판국이다.

"아니야, 생활비는 명희도 내놓더라."
"그래요?"
"그래서 고기는 못 사 먹여도 웬만한 것은 사 먹인다. 그러니 여기는 염려 말고 애비나 잘 먹여라. 남편이 건강해야 가정이 평안하다."
"잘 먹여요."

남편 신창만의 건강은 아내의 손에 달렸다고 해도 과언이 아닐 것이다. 그렇게 말하기는 남편의 얼굴이 번질번질하면 아내가 잘 먹이고 있다는 증거고, 반대로 까칠하면 맨날 먹는 것이나 냉장고 꺼내 주고 있구나….
눈에 보여서다. 식당을 경영하는 집 남편들마다 얼굴이 반질반질한 것만 봐도 알 수 있듯 말이다.
그래서 말이지만 형편이 너무 어렵다면 모를까 생활비 아끼기를 반찬값에다 두지 말라는 것이다. 질병도 먹는 것에 따라 달라질지도 모르기 때문이다. 물론 지나치게 먹어서 병이 나는 경우가 있기는 하겠지만 말이다. 들으면 가정의 행복도 먹는 음식이 좌우하기도 한다지 않은가. 그래서든 사람은 잡식 동물에 속한다고 한다.

그렇지만 농경시대 이전엔 짐승을 잡아먹고 산 육식 동물이었음을 기억할 필요가 있다. 그런데도 엉터리 지식인들은 나이를 먹으면 육식을 줄이라고 한다. 그런 말은 육식을 주식으로 하다시피 하는 경제적으로 선진국인 사람들에게나 해당되는 말이지 우리 한국인들에게는 아니다.

육식 문제가 있어 허리 굽은 미국 노인들 봤는가. 그러니까 나이를 먹어도 육식은 그만큼 중요하다는 얘기다. "어, 맛있다. 먹다 남은 소주는 있을까. 있으면 가져와요. 이런 반찬에다는 소주가 있어야지." 맛나게 먹고 행복해하는 남편, 그런 행복이 어디로 가겠는가. 반찬을 만들어 준 아내에게도 행복할 것은 두말 필요 있겠는가. 그래서 말이지만 반찬값 아껴 부자 된 사람은 이 지구상에는 누구도 없음을 주부들은 알아야 한다.

그러니까 국민소득 3만 불이 넘는 우리나라 사정이기는 하나 오늘의 시대는 저축도 절약도 미덕인 시대가 아니라 소비 시대인 것이다. 그러니까 냉장고나 옷장은 가난을 상징하는 시대임을 주부들은 알아둘 필요가 있다는 얘기다.

"오늘은 학교도 안 가는 날인데 명순이 어디 갔어요?"

"글쎄, 친구들 만나러 갔겠지."

"그런데 어머님이 하신 말씀 나도 못 들은 척할 테니 그리 아세요."

"그러면 애비한 테도 말 안 할 거야?"

"그래야겠지요. 말해서 잘될 일도 아닌 것 같은데요."

"그렇기는 하다 만 할미로서 맘은 편치 못하다."

영감은 이럴 때 돈도 쓰라고 괜찮은 부동산이든 돈도 좀 벌어놓고 떠나실 것이지 어림도 없을 국회의원 꿈꾸다 떠나셨을까 모르겠다.

"되지도 않을 일 보고만 있는 것이 좋을 것 같아서요."

"다른 집 애들도 우리처럼 인지는 몰라도 따지고 보면 응원해 주어야 일을 우리는 가로막기만 하는가 싶다."

"그런 말씀은 맞아요. 그렇지만 우리 형편으로는 어쩔 수 없어요."

"알았다."

생활 형편이 여유롭지 못하다는 이유로 쉬쉬한다는 것은 할미 생각으로는 아닌 것 같다는 표정까지다.

"일단 두고만 봅시다."

자식이 해보겠다는데 모르는 척하기도 어미로서 고역이다. 그렇지만 두고 보는 수밖에 더 있겠는가. 명순아! 엄마 미안하다.

"엄마 언제 왔어?"

친구 만나러 갔다는 명순이가 들어오면서다.

"명순이 너 어딜 갔다 오는 거야. 친구 만나러?"

"친구 만나러 가려다 그냥 왔어."

"친구 만나러 가려다 그냥 오다니… 그게 무슨 말이야?"

"다른 말 말고 엄마 뭘 가지고 왔어?"

거짓말은 소설 같다지 않은가. 그래서든 즉석 대답은 뭘 가지고 왔어? 로 딸 신명순은 얼버무린다.

"아무것도 안 가지고 와서 미안한데 어쩌냐."

"뭘 좀 사까지고 오지 빈손으로 오면 어떻게 해. 할머니도 계시는데."

"담에 올 땐 빈손으로 오지 않을 거야. 그런데 명순이 너 할머니 손녀로서 부엌일도 좀 도와드리고 그래야지. 그렇게는 하냐?"

"그렇기는 해도 할머니가 다 알아서 하셔서 도와드릴 것도 없어."

"도와드릴 것 없다니 반찬도 만들어 보고 말이야. 그러니까 시집가서 써먹기도 해야 할 일."

"설거지는 도와드려."

"설거지 도와드린다고? 그래? 안 봐서 모르겠다만 손녀 두었다 어디다 써먹겠냐!"

신명순 엄마는 네가 서울대학교에 입학원서를 냈음을 시어머니가 해주어 알고는 있지만 모르는 척하면서다.

"내가 엄마 일 도와줄까?"

"아니야, 도와주지 않아도 돼 그러니 네 볼일이나 봐."

명순이 네가 엄마에게 대하는 태도가 전과는 다르기는 하다. 명순이 네가 서울대 학입학원서를 냈다는 말 할머니가 해주셔서 알고는 있다만 철없는 자부심인 걸 어쩌랴. 그렇게 보기는 명순이 네 생각대로 서울대학에 붙으면 자랑스러운 일이지 아니라고 하겠느냐마는 명순이 네 짓은 아무리 좋게 생각을 해봐도 철없는 짓이다. 그래, 명순이 네가 서울대학에 붙지 못한다 해도 엄마로서 응원할 일이지 아니라고 할 수는 없지만 말이다.

"볼일도 없어."

"볼일이 없으면 네 방 정리라도 해라."

"알았어."

"오랜만에 와서 잔소리하는 것 같다만 엄마가 보기엔 너저분한 것 같아서다."

"그러면 엄마는 내 방 들여다본 거야, 내 허락도 없이?"

"아니야. 보려고. 본 게 아니라. 네가 방문을 잠그지 않았잖아."

"방문 안 잠가도 그렇지. 함부로 열어보면 어떻게 해."

"알았어. 담부터는 안 열어볼게."

그래, 때로는 야단도 칠 엄마이지만 자기 생각을 말할 수 있는 나이라면 상호 간에 지켜야 할 영역이 있을 것이다. 아무리 젖을 먹여 키웠다 해도 지켜주어야 할 일도 있기 때문이다. 그것도 모르고 명순이 네 방을 들여다본 건 아니다. 어쩌다가 들여다봐 진 거야. 아무튼 미안하다.

자신을 낳아 기르신 부모이지만 초등학생 때까지는 도와준다는 의미로 자식 방에 드나들 수는 있겠으나 중학생 이상이면 조심은 절대다. 그것은 이성 친구를 생각할 수 있는 나이이기 때문이기도 해서다. 이성 친구는 공개적으로가 아니기에 더욱 그렇다. 그러니까 아무도 모르는 장소에서 만나는 구조로 설계가 되어 있어서다. 그것을 부모들은 잊어서는 안 될 일로 사생활영역이라고 할까. 아무튼 그렇다. 그것만이 아니다.

들으면 시집간 딸 집을 스스럼없이 찾아가는 친정엄마도 있다는 것 같다. 딸 집에 가서 청소도 해주어 감사하다는 자식도 있을까 모르겠지만 그렇게는 엉터리 생각임을 친정엄마들은 알아야겠다. 만약 초대받아 딸 집에 갔을지라도 냉장고 문을 열어보지 않는 게 어른들 철칙이란다.

그런 철칙은 냉장고 문을 여는 것은 감춰진 속살을 훔쳐보는 거나 다름이 아니어서란다. 그래서든 자식과 주고받는 대화도 존중해준다는 생각으로 접근이다. 자식으로서 말은 못 하지만 그것이 자식의 성격을 고약하게 만들 수도 있어서다.

그래서 부모 노릇 하기가 어려울 것이지만 그런 문제에 있어 지혜가 필요한데 사회적으로 아버지 학교는 있어도 어머니 학교는 없어

보여 여성가족부 장관에게 제안이다. 남성으로서 아닐 수 있는 제안일지 몰라도 어머니 학교를 만들면 한다. 그런 제안은 통장관리조차 여성들이 쥐게 된 산업사회에서 아버지 학교보다 몇 배 더 중요할 것이기 때문이다.

"엄마, 나 잘못하고 있는 거 아니지?"

"잘못하고 있는 게 아니라니·· 그게 무슨 소리야? 뚱딴지같이."

"아니 그러니까…."

"할 말 있으면 해. 밑도 끝도 그러니까 말고."

명순이 네가 말 안 해도 엄마는 무슨 말을 하려는 건지 다 알고 있다. 다만 모른 척할 뿐이다. 그래, 네가 서울대학에 붙는다고 하자. 그러면 등록금조차도 마련해 주지 못할 형편에 숙식은 어떻게 해결할 거며, 서울대학은 수업료가 저렴하다고 하더라만 그런 수업료는 무엇으로 감당할 거냐. 그러니 엄마로서 미안하다만 서울대학에 시험 한번 쳐본 것으로 만족해라. 어려운 가정형편이기는 하다만 더한 요구는 어림없으니.

"아니야. 그냥이야."

"명순이 네 친구들 중에 대학에 못 갈 친구는 없겠지?"

"그렇겠지. 모르기는 해도…."

직장에서 인정해주지도 않을 시시한 대학을 가느냐만 남아있겠지.

그래서 나는 서울대학교에 입학원서를 낸 거여. 엄마도 알까 몰라도 서울대학교는 어느 학과냐가 중요치 않아. 그러니까 서울대학교 출신이냐가 중요해. 그래서 다른 애들과는 생각을 달리한 거여. 엄마는 이 딸 칭찬해줄 준비나 해둬. 난 기필코 성공하고야 말 거니. 신명순은 그런 생각으로 엄마를 보는 걸까. 반찬 만드는 엄마를 보면서 다 생각한 거야.

"알았다. 네 언니 퇴근해서 오면 주게 사과나 깎아라."
"언니에게도 네 동생이 오면 주게 사과 깎아라! 했을까?"
"야~!"
"아니야. 깎을게. 사과는 어디 있어?"
"식기 놓는 밑에 까만 비닐봉지에 있어."
이것이 부모와 자식 대화이지 않겠는가. 그래, 서울대학에 들어가는 꿈은 접고 앞으로 돈 많은 신랑감이나 만나라. 엄마 덕도 좀 보게. 불량한 맘보라 할지 몰라도 우리는 돈이 절실해서다.

서울대학교 합격 여부 소식을 기다렸는데 합격자발표 날짜가 5일이나 앞당겨 발표한다는 보도다. 합격이기를 그동안도 설레는 마음이었지만 오늘 밤은 밤잠을 설칠 것 같다. 서울대학 합격 여부를 전해줄 사람이 있기는 하지만 말이다. 아무튼 "신명순 학생 합격이다!" 나는 "만세다!"

그랬으면 얼마나 좋으랴. 사실일 것으로 믿고 싶다. 그렇게 되면 강 심장이 못 된 이 심장이 멎을지도 모르겠지만 말이다. 그렇지만 합격 자발표를 했다는데 합격 여부 소식이 없다. 합격자 발표날짜가 하루 가 지났는데도 말이다. 전화를 걸어볼까 말까. 신명순은 수화기를 들 었다 났다 한다. 그래, 말해 놨으니 가부간 잊지 않고 전화로 말해 줄 것이다.

신명순은 기쁜 소식이 오기만을 초조하게 기다리는 중인데 전화 벨이 울린다.

"거기가 양칠성 씨 댁이지요?"
"아니에요."
다른 때 같으면 전화 잘못 걸렸어요 했을 텐데, 기다리는 전화벨 소리는 안 울리고 이게 뭐야. 명순이는 전화통 부서져라 수화기를 내 려놓고 자기 방으로 가버린다.
"야, 전화기가 무슨 죄냐? 전화기 부서지겠다."

그래, 수화기를 그렇게 내려놓는 명순이 네 맘을 이 할미가 어찌 모르겠냐. 다 안다. 알지만 굶지 않을 정도로만 살아가는 우리 형편 에 서울대학을 어떻게 다녀. 이것아… 말도 안 되게. 명순이 너야 그 럴 수 있느냐고 무심하다 할지 몰라도 할머니는 솔직히 불합격이기를 바란다. 서울대학교에 합격해놓고도 못 다니게 된다면 어떻게 되겠냐. 상상하기도 싫어서다. 그렇지만 할머니는 명순이 너를 사랑한다. 그러시는 건지 오늘따라 전화기 가까이에서 떠나지 않으신다.

따르릉… 따르릉…. 전화벨이 울린다.
"예 전화 받았습니다."
"그러시면 신명순 어머님이세요?"
"아닙니다. 할미입니다만…."
"아, 신명순 할머님이시군요. 안녕하세요. 그런데 신명순 학생이 아쉽게 됐네요. 합격 여부는 어제 확인했으나 좋은 소식이 못돼 이제 말씀드립니다. 아무튼 신명순 학생 실망이 클지도 모르니 위로나 잘해주세요. 죄송합니다. 안녕히 계세요."
"예, 알겠습니다."
"할머니, 지금 누구 전화야?"
서울대학 합격 여부를 말해주기로 해서 기다리고는 있으나 소식이 없어서다. 그렇다고 해서 전화통에만 앉아 있을 수만 없어 몸은 공부방에 있으나 귀만은 열어 두고 있는데 할머니는 알겠습니다만 하신다.

"응, 아는 사람인데 감기가 너무도 심해 입원하게 생겼다는 전화야."

이런 거짓말은 돈을 손에다 쥐여 주면서까지 하라고 하라 해도 못

할 것 같다. 이것아! 불합격이란다. 그렇지만 실망은 마라. 합격해놓고도 생활 형편상 포기해야 한다면 너는 더 실망할 거고, 네 엄마 아빠도 울지 않겠니. 서울대학은 사립대학과는 달리 학비도 많지 않다지만 어디 그것만이야. 자고 먹고 할 곳도 없는데 말이다. 서울대학에붙을 거라고 믿었던 딸 명순이는 불합격이라는 걸 알아차리고 제 공부방으로 다시 들어가더니 문을 걸어 잠가 버린다.

불합격이라는 소식 20분도 안 되게 또 전화벨이 울린다.

"전화 받았습니다."
"안녕하세요. 저, 봉천동 양 서방입니다."
"양 서방이요?"
"예, 양정철이요."
"아이고, 조카사위님이군요."
"전화를 고모님이 받으시는데 명순이 엄마 아빠는 집에 없는가요?"
"직장에서 안 왔어요."
"아, 그렇군요. 그런데 모두 들 잘 있지요?"
"예, 모두 잘 있지요. 그런데 사람들 소리가 들리는 것 같은데 집전화가 아닌가요?"
"예, 서울대학교 정문 공중전화예요."
"아, 그러세요. 그런데 웬일로…?"

"웬일이 아니라 명순이가 대학 갈 나이라는 말을 듣고 있는데 맞는가요?"

"예, 맞아요."

"그래요? 벌써내요. 안사람이 그러던데 서울대학에다 입학원서를 냈다는 말 들었다는데 그것도 맞는가요?"

"맞기는 한데 저는 할미이지만 제 어미 아비도 관심 없어요."

"다른 대학도 아니고 서울대인데요?"

"서울대이면 뭘 해요. 명순이에게는 미안하지만 보낼 형편이 못 되는데요."

"명순이가 서울대에 입학원서를 냈다고 집사람이 말해서 관심을 두고 있다가 합격자발표를 했다기에 멀지도 않은 봉천동이라 서울대학교에 한번 가보고 싶어 가봤어요."

"그래요? 수고하셨네요. 그런데 떨어졌데요."

"떨어졌다고 누가 그래요?"

"서울에 아는 사람이 있어서 한번 알아보라고 했나 봐요."

"지원학과는 수학과가 맞는가요?"

"말을 들으면 그런가 봐요."

"그래서 보고 또 보고 해도 신명순이라는 이름이 없어요."

"떨어졌는데 이름이 있겠어요. 없겠지요. 아무튼 관심까지 가져주셔서 감사해요."

"감사가 다 뭡니까. 아니에요."

"서울대에다 입학원서는 냈다기에 그동안은 여간 궁금했는데 떨어졌다는 서운은 하나 알아버렸으니 마음은 차분해졌네요."

할머니는 손녀 명순이가 들을까 봐 조용조용히 답변이시다.

"그래서 떨어졌는가 보다. 그렇게만 생각하고 그냥 되돌아서다가 어쩐지 서운한 데가 있어 다시 가서 봤는데 간호학과에 신명순이라는 이름은 있는데 그건 아니지요?"

"잘 모르겠네요. 전화 끊지 마시고 잠깐 기다려보세요. 한번 물어볼게요."

"명순아, 그렇게만 있지 말고 일어나 세수도 하고 해라. 그리고 너, 지원학과가 수학과가 맞냐?"

"지금 누구 전환데?"

"봉천동 네 이모부야."

"간호학과 입학원서도 냈는데."

손녀 신명순은 서울대학에 떨어졌다는 것 같아 그렇겠지만 방에서 나오지도 않고 말로만이다.

"여보세요?"

"예, 전화기 들고 있습니다."

신명순 이모부 전화 말이다.

"간호학과도 지원했다네요."

"그러면 입학원서접수번호가 3975번은 맞는지도 물어보세요."

"잠깐이요. 명순이 바꿔 드릴게요."

"이숙, 저 명순이에요."

신명순은 좀 이상하다는 생각이 들었음이지 방에만 있다가 나와서다.

"오, 명순이구나. 그래, 나 시간이 있어서 서울대학교에 가서 합격자 명단을 봤다. 그런데 수학과에는 네 이름이 없고, 간호학과에는 네 이름이 있더라. 입학원서접수번호는 3975번이고, 그러면 합격인 거냐?"

"…"

명순이는 합격이 맞습니다. 그런 말은 못 하고 수화기를 든 채로 그냥 울어버린다. 합격 여부를 부탁했던 사람에게는 2지망 간호학과 얘기를 안 해서 낙방한 것으로 전화였지만 이모부는 너무도 착한 분이시라 간호학과 입학원서 3975번호까지도 말씀해주신다.

그렇지만 엄마 아빠는 서울대학교에 붙어봤자 다니지도 못할 건데 합격하면 뭘 해, 그러실지도 모르겠지만 나는 이제 그리도 어렵다는 서울대 학생이 되는 것이다. 만약 이모부의 전화가 없었다면 어땠을까.

물론 집 주소와 전화번호가 있어서 합격 소식은 늦게라도 학교에서 알려주기는 할 것이지만 이모부의 합격 소식은 쌍무지개를 타고 피리를 부는 호동왕자를 바라보는 낙랑공주 기분이라 할까. 신명순은 그런 기분일 것이다.

삶에서 가장 기쁘기는 잃어버린 귀한 물건을 되찾았을 때라고 하는 것 같아서다. 귀한 물건 찾은 기쁨은 일순간이겠지만 지금의 소식은 서울대학에 합격했다는 소식이 아닌가. 입학등록금이고, 학비고, 숙식비고는 내가 어떤 식으로든 해결해 나가면 될 나중 문제다. 만세를 부르고 싶다.

"명순이 너, 우는구나. 서울대학 합격 축하한다. 서울에 오게 되면 우리 집에 한 번 들려라. 전화 끊는다."
"이숙 감사합니다."
명순이는 기가 살았으나 할머니는 손녀가 서울대학에 붙었다는 말을 듣고 많이 놀라신다.

"여보세요."
며느리인 신명순 엄마가 받는 전화다.
"나다. 전화 받기 괜찮겠냐?"
할머니는 합격이라는 소식을 듣고도 말 않고 가만히 있을 수가 없어 그렇겠지만 할머니는 멀리 떨어져 있는 며느리에게 전화를 건다.

"예, 괜찮아요. 그런데 무슨 일이 있으세요?"

"무슨 일이 있는 게 아니고, 명순이가 서울대 합격이란다."

"예? 서울대 합격이요? 진짜예요?"

"봉천동 네 제부가 합격이라고 전화했는데 거짓말이겠냐."

"알겠습니다. 어머님!"

"애비는 회사에 있겠지?"

"회사에 있지요. 저는 오늘 할 일이 있어서 반 차를 냈어요. 그래서 오후에는 출근해야 할 것 같아요."

"그래? 애비 퇴근하면 애미 네가 말해라."

"예, 알겠습니다. 어머니."

기다리는 소식은 아니나 어떤 소식이라고 퇴근할 때까지 기다릴 수 있겠는가.

"여보세요."

"예, 미림주식회삽니다."

"신창만 과장님 집인데요 통화 가능할까요?"

"잠깐만이요, 신 과장님 전홥니다."

"지금 누구 전환데?"

"사모님이신 것 같은데요."

"여보세요."

"여보 난데 명순이 서울대 합격이래."

"뭐? 서울대 합격이라고… 누가 그래?"

"누구는 누구요. 어머님이지."

"알았어. 전화 끊어."

서울대학교는 공부 천재들이나 갈 수 있는 대학이다. 그래서 명순이 네 실력으로는 꿈도 못 꿀 일이라고 치부해버렸는데 서울대학교에 합격이라니… 등록금이고 학비고 어림도 없으니 생각을 접으라고는 했지만 내 자식이 서울대학교에 붙었다는 소식은 자랑스럽다.

"아니, 전화가 과장님 자녀분이 서울대에 합격이라고 한 것 아닌 가요?"

입사한 지 2년도 안 된 평사원 서태규 말이다.

"이것이 전남대나 가라고 하니까. 기어코 서울대에 가게 되네."

"와~ 과장님 경사 났네요."

"경사는 무슨…."

경사는 무슨 했지만 내 자식이 서울대학에 붙었다는데 기분이 나쁠 수가 있겠는가.

"무슨 말씀이에요. 출세하려면 일차적으로 서울대를 나와야 할 건데요."

"여자도 출세?"

"아, 따님이구나. 여자도 장관도 하고 그렇잖아요. 과장님은 기대하셔도 되겠습니다."

"에이, 말도 안 돼."

"말도 안 되기는요. 광주 출신 여학생이 서울대에 붙었다면 대단한 거지요."

"그런 얘기 그만하고 하던 일이나 해."

아무나 갈 수 없는 서울대학교에 붙었다는 것은 우리 집안으로서도 자랑스러운 일로 축하해줄 일이지 부모로서 아니라고 하겠느냐. 그렇지만 돈도 없이 서울대학에 어떻게 다니려고 그러냐. 엄마 아빠는 뒷바라지해줄 능력도 없는데… 그래, 명순이 네가 서울대학에 붙었다는 소식은 반갑기는 하다만 등록금조차도 대줄 형편이 못 돼 취소하라고 말할 수도 없고… 걱정이다.

"아니, 명순이 너 서울대에 합격이라고?"

명순이 아버지 신창만은 집에 올 일도 없을 텐데 소식을 듣고 한걸음에 달려왔다.

"그래, 아빠."

명순이는 신난다는 표정이다.

"그리도 어렵다는 서울대에 붙었다니 아빠로서 축하할 일이기는 하다만 걱정이다."

"아빠, 그런 걱정은 안 해도 돼. 나 어떻게 해서든지 다닐 거야."

"걱정 안 해도 되다니‥ 뭔 소리야. 당장 등록금도 문젠데."

"그렇기는 해도 등록금 한 번만 대줘, 나머지는 내가 다 알아서 할게."

"등록금 대 주면 알아서 할 거라고?"

"그래, 등록금만이야."

"그래, 등록금 대준다고 하자. 나머지는 어떻게 해결할 건데."

"도전이라는 말 아빠는 못 들었을까?"

"뭐 도전?"

"그래 도전."

"도전이라 하자. 그러면 서울에 도움을 받을 만한 누구도 없는데 숙식은 어떻게 해결할 거며 학비는 또?"

"생각을 해봤는데 방법은 있어."

"방법? 무슨 방법? 그러니까 로또복권 당첨되는 방법?"

"무슨 로또복권 당첨이야. 그건 말도 안 돼."

"그러면 장기臟器 팔아서?"

"장기? 아빠는 끔찍한 말을 다 한다."

"그래, 그런 말까지는 잘못이나 아빠는 아무리 생각을 해봐도 앞이 안 보여서다."

"아빠, 나 수학을 잘하는 알잖아."

"그래서?"

"그래서가 아니라 그걸 강남 부자들에게 써먹자는 거지."

"명순이 네 말이 무슨 말인지 아빠는 도통 모르겠다."

"아빠 나 수학 공부 말고도 재주 있는 거 아빠는 모르지?"

"무슨 재준데?"

"서울내기들을 휘어잡을 재주 말이야."

"서울내기들을 휘어잡을 재주? 살다 살다 별소리도 다 듣는다."

"아무튼 아빠는 걱정하시지만 나는 걱정 하나도 안 해."

"그러니까 등록금만 대주면 명순이 네가 다 알아서 할 거라고?"

그래, 그리도 어렵다는 서울대학교에 합격이 됐는데 등록금이라도 대주어야지 어쩌겠는가. 그렇지만 고민이다.

신명순은 그렇게 해서 서울대학교에 들어간다. 들어가서 임시로 봉천동 이모 집에서 하루를 보낸다. 그러면서 신명순은 머리를 굴린다. 그래, 부동산중개업소에는 마땅한 집이 있는지 사람들은 올 거고, 그런 사람들 가운데 과외선생을 구하고 하는 사람도 있을 테니 말이다. 신명순 학생은 그런 생각으로 강남으로까지 가서 소망부동산 중개업소에 들어간다.

"어서 와요."

소망부동산 중개업자는 반갑다는 표정으로 신명순을 바라본다.

"안녕하세요."

신명순 학생은 인사를 곱게도 한다.

"학생으로 보이는데 방을 얻으려고?"

"아니요."

"아니면 괜찮은 집 물어보려고?"

"그것도 아니에요."

"그것도 아니면 뭘까? 보다시피 여기는 소망부동산 중개업손데…"

소망부동산 중개업자 주인은 신명순 눈을 쳐다본다.

"그래요. 제가 이렇게 찾아온 이유를 말씀드리면 저는 …(중략)…
그래서 이렇게 찾아왔어요."

"오, 그렇구면, 그러면 학생이니까 숙식 제공과 학비면 될까?"

"그런 곳도 있을까요?"

"강남이 어떤 곳인지 학생은 잘 모르지?"

"저야 모르지요."

"강남은 서울에서도 중심 도시로 보면 돼. 그러니까 부자들만 살
아가는 도시일 수도 있다는 거여. 내 말은…"

"그래요?"

"그러니까 능력만 되면 대접받으면서까지 공부할 그런 집도 있어."

"지금 말씀이 진짜예요?"

능력만 되면 대접받으면서까지 공부할 그런 집도 있어. 부동산 중
개업자 지금의 말을 액면 그대로 받아들이기는 꿈같은 얘기다. 그렇
지만 절박한 상황인 처지라 믿을 수밖에 더 있겠는가. 어쨌든 부동산
중개업자 말대로만 되면 좋겠다.

"진짜여."

"그러면 괜찮은 곳 소개해 주세요. 저 과외 잘할 수 있어요."

"과외 경험은 있을까?"

"과외 경험까지는 없어도요."

신명순 학생은 '과외 경험까지는 없어도요.' 하면서 잘될 것 같다는 표정을 짓는다. 그것도 소망 부동산중개업자가 알아보게.

"다시 말이지만 학생 앞에서만이 아니라 나는 누구 앞서든 거짓말을 해서는 안 될 부동산중개업자야. 무슨 말인지 알겠지?"

"그렇지만…."

"믿지 못하겠다고…?"

"…."

강남은 우리나라 부자들만 사는 동네라고? 소문이 난 지역이라는 말을 듣기는 했지만 혹 숙식까지는 몰라도 학비까지라니? 부동산중개업자가 없는 말 하지는 않을 것이다. 그래, 믿어본다 해서 벌금 내라고 하지는 않을 테니 한번 믿어봐?

"학생은 몰라서 그렇지 강남 사람들은 맘에 드는 일이면 돈을 아끼지 않는 그런 동네야. 우리 같은 사람은 강남에 살기는 해도 서민층에 속하지만 말이여."

"그만 못 한 데라도 소개 부탁합니다."

"그러면 언제 올라왔고, 그동안의 숙식은 어떻게 했을까?"

"어제 올라왔는데 봉천동에 먼 이모가 계셔요. 그래서 급한 대로 거기서 우선 하루를 묵었어요."

이모 집에서 하루를 묵기는 했으나 집에서 생각했던 각오와 현실의 간 극은 너무도 달랐다. 그러니까 이모 집은 막일로 그날그날 살아가는 가난한 집이라서다.

"그래? 그러면 학교는 이모 집에서 다니면 되겠네."

"그렇게 하자도 방도 모자라지만 형편이 너무 어려워요."

"그래?"

"그래서 아닌 줄 알면서도 이렇게 찾아왔어요."

"그러면 숙식이 가능할 것 같은 가정이 있기는 해. 그것은 내일 찾아보기로 하고 우선 우리 집으로 갈까?"

"사장님 감사합니다."

"사장은 무슨 사장이야, 그냥 부동산중개업자지."

"아니에요."

연세로는 오십 대 초반 분으로 숙식 제공과 학비면 될까? 해서 가능할 것 같기도 하다. 원체 부자들만 산다는 강남이라. 불량 심보일지 모르겠으나 부동산중개업자 말을 믿어도 될 것 같다는 신명순 학생 믿음이다.

"퇴근 시간인데 아직이시네요?"

신명순 학생과 얘기를 나누고 있던 차에 손님이 찾아서다.

"아니, 청송 사장님은 문 닫을 시간이 다 돼가는데 웬일이세요?"

"웬일이 아니라 괜찮은 방은 있을까 해서 왔어요."

"전세방이 있기는 한데 누가 쓰실 건데요?"

"우리 식당에 새로 온 직원 때문이어요."

"혹 외국인은 아니지요?"

"왜 외국인 안 되는가요?"

"그게 아니라 가끔은 그런 분들도 있어서요."

드물기는 하나 단기간 머물 목적으로 찾는 외국인도 있어서다.

"외국인은 아닌데 낮에는 일하고, 밤에는 학교 다니는·· 그러니까 야간대 학생이어요."

"제가 그것까지 알 필요는 없겠고, 학생과 같이 안 오시고···?"

"그럴 일이 생겼어요."

"그래요? 괜찮은 방인지 나도 안 가봐 모르겠는데 일단은 가보기나 합시다. 학생은 어디 가지 말고 사무실 잘 지키고 있어. 혹 올지도 모르는 전화도 잘 받고···."

부동산중개업자는 어떻게 하기로 하고 왔는지 몰라도 곧 오더니 사무실 문을 닫고 차 시동을 건다. 그럴 것이다. 집 보러 오는 사람이 방금 온 사람 말고는 무엇이 얼마나 급해서 밤중에 집 보러 오겠는가.

"학생 차 타!"

"어딜 가시게요?"

"어디는 어디야. 우리 집이지."

"예?"

차도 아무나 가질 수 없는 벤츠다. 그것도 억 단위일 것 같은 대형 차. 그렇게 보면 부동산중개업자이지만 부자인 것 같다. 그렇기는 하나 몇 마디 말만 나눴을 뿐인 사람의 차를 의심도 없이 타도 괜찮을지? 신명순은 머뭇거리고만 서 있다.

"두려워할 필요 없어. 어서 타기나 해."

"아, 예."

서울이란 눈을 떴어도 코를 베간다는 말도 있어서다. 학생이기는 해도 서울 바닥에서는 숨길 수 없는 완전 촌닭이다. 그래서 불안하기는 하다. 아무튼 가족 같으면 조수석에 탈 수도 있겠으나 나는 초면인 여학생이기도 하니 뒷좌석에 자리를 하게 된다. 그것이 예절이기도 해서다. 그런데 신호등 다섯 번만에 집으로 들어가 부동산중개업자는 차를 세우면서 "여기가 우리 집이야." 하면서 내려라 한다.

그런데 아파트가 아니라 단독주택이다. 강남 집 시세를 모르기는 해도 광주로 봐서는 수십억을 호가하는 집일 것 같다. 이걸 팔아 광주에다 우리 집 같은 집을 산다면 서른 채 이상도 살 것 같다.

부동산중개업자가 이런 집까지 가질 수 있게 되기는 부동산중개수수료로는 어림없다. 부동산중개업은 소개비를 목적으로 하지 않는다. 간혹이기는 하나 돈이 될 만한 괜찮은 매물도 나오게 되고, 그것을 계약금만 치르고 되팔아 이문을 남기는데 단번에 억 원도 벌게 된다지 않은가.

1980년도 얘기이기는 하지만. 부동산중개업을 했던 지인의 말을 들으면 괜찮은 나대지裸垈地를 살 수 있도록 소개를 좀 해달라고 해서 그렇게 해 주었더니 일이 웬만하게 잘 됐다면서 거액일 수 있는 돈을 주더란다.

신명순 학생에게 선善을 베푸는 부동산중개업자도 그렇게 해서 이런 멋진 집을 사지 않았을까. 아무튼 부럽다.

"그렇게 서 있지만 말고 어서 들어와."
"아, 예."
대답은 예라고 했으나 신명순은 어리둥절한지 머뭇거린다.

"여보, 손님 왔어요."
"아니, 밤에 무슨 손님이요?"
"일단은 그렇게 됐어요."

"안녕하세요."

신명순 학생의 인사다.

"아니, 학생인 것 같은데 어서 들어와요."

"학생이지만 우리 집 귀한 손님이니 밥상도 맛난 걸로 부탁해요."

"알았어요. 그리고 학생은 티비나 봐요."

"…"

아니, 티비나 보라? 그리고 귀한 손님? 그렇기는 하다 벽에는 예수 십자가상 걸려있고. '주 예수를 믿으라 그리하면 너와 네 집이 구원을 받으리라' 세로로 쓰인 큰 액자가 걸려있는 걸 보니 예수 믿는 가정인가 보다. 책들은 철학책들이 아닌 걸 보니 두 분 다 대학은 못 다닌 것 같기는 하나 안댁은 남편에게 순종적인 것 같다.

여성들로부터 몰매 맞을 얘기일지는 몰라도 대학을 나오고 돈 많은 아내들은 남편 알기를 집 강아지보다 못한 존재로까지 여긴다는 말도 듣는다.

그러니까 현대인들에게 하고 싶은 말을 한다면,

'늦게 올 거면 밥도 사 먹고 오지, 이제 와 밥 달라고 하면 어떻게 해요.'라든지, '나 늦을지도 모르니 밥 사 먹어요.'라든지, '자기만 바쁜가. 나도 바쁜 사람이야.'라든지. '누굴 자기 밥이나 차려주는 여자로 아는 거야 뭐야.'라든지, '집에 오면 방 청소도 좀 해주고 그래야지.'라든지, '남편이랍시고 자기 편한 대로만 살면 나는 어떻게 해.'라든지. '내 말 틀리면 나도 내 생각대로 할 테니 그런 줄이나 알아.'라든지, '자기 내 말이 무슨 말인지 알아는 들었을까?'라든지 말이다.

이것은 이혼할 수도 있다는 일차적 일일 수도 있다. 그래, 아내의 그런 태도는 산업사회가 가져다준 시대적 산물이라고 하자. 그렇지만 부부는 일회용이 아님을 분명히 하고 살자는 것이다. 그러니까. 남편 다루기를 투정 부리는 자식처럼 하라는 것이다. 그러면 남편들은 아내에게 순종 태도로 살 것은 분명해서다. 물론 근본이 아닌 남편도 있겠지만 가정의 평화는 아내의 손에 달려있다고 될 것이기에 그렇다.

못 올 집에 온 것처럼 어색은 하나 주인댁 말대로 티비를 켜고 있으니 중학생이거나 고1생쯤 돼 보이는 여자아이가 들어온다.

"상화야. 이 학생 누군지 모르지?"
"누구…?"
"누구가 아니라 앞으로 너의 과외선생님이시다. 인사부터 해."
주인아저씨 말씀이다.
"안녕하세요."
주인집 학생은 약간 놀라는 태도이나 보는 둥 마는 둥 태도로 인사다.

"안녕!"

이게 어떻게 된 거야. 과외선생이라고 소개까지라니? 신명순은 마땅한 대답 말이 없어 그렇게 만으로 인사지만 말이다.

"학생!"

주인아저씨의 부름이다.

"예."

"오늘 이 시간부터는 우리 집 식구가 되는 거야. 무슨 말인지 알겠어."

"그렇지 않아도 과외선생님을 찾아볼까 했는데 잘됐네. 학생은 집이 어딜까?"

주인댁 말이다.

"저의 집이요?"

"그래 학생 집."

"저의 집은 전라도 광주예요."

"광주면 동은?"

"동은 월산동이어요."

"그렇구먼, 우리 시댁은 풍향동이었어. 지금은 아니지만…."

"아, 그래요?"

"그건 그렇고 학생 맘에 들지는 몰라도 남아 있는 빈방이 있는데 한번 볼 거야?"

"아니, 방을 볼 거야라니. 학생 방이 되도록 방 정리도 해주어야지요."

주인아저씨 말씀이다.

"알았어요."

알았다고 하면서 신명순 학생더러 주인댁은 따라오라고 한다.

"감사합니다만 저는 깨끗하지 않아도 돼요. 누울 곳이면 돼요."

"무슨 소리야. 그건 아니야. 공부도 잠을 잘 자야 해."

"그렇기는 해도 저는 좋고 안 좋고는 상관없는데 책상도 있고, 누가 쓰던 방인가 봐요."

"이 방이 무슨 방이냐면 우리 막내 시여동생이 쓰던 방이야. 그런데 신랑을 잘 만나 이민을 미국으로 가버렸어. 그래서 남게 된 방이야."

"그래요? 너무도 좋다. 넓기도 하고요."

말씀으로 봐 거처하라고 내줄 것 같은 느낌이나 그렇다 해도 이런 방까지는 너무 부담스럽다.

"우리 아들이 쓰던 빈방도 있지만 아무래도 여자가 쓰던 방이 낫겠지?"

"그러면 아드님은요?"

"우리 아들은 미국으로 유학 갔는데 지 고모 집에서 지내."

"가보기는 하셨고요?"

아니, 내가 무슨 말을 하는 거야, 아직은 '예'만 해야 할 처지가….

아무튼 집이 복층으로 되어 있는데 방이 몇 개나 될까. 확인은 안 했지만 안주인 방, 아저씨 방이 따로 있을 테다.

"다른 얘기는 두고두고 하기로 하고 저녁부터 먹읍시다."

주인아저씨 말씀이다.

"알았어요."

저녁상이 차려졌다. 반찬은 몇 가지 안 되지만 우리 집에서는 구경조차도 못 할 고급 반찬들이다. 내가 이래도 되는지 모르겠지만 고생을 각오한 일이니 그런 복잡한 생각을 할 필요가 있겠는가. 누가 말했듯 도움을 받을 수 있다면 감사한 맘으로 받는 게지. 진 빚은 나중에 갚으면 될 것이고.

"참, 학생 이름도 안 물었네?"

"제 이름이요? 신명순이에요."

"그래, 우리 집은 예수를 믿는 가정이니 나 식사기도 한번 할게."

하나님 아버지. 오늘은 생각지도 않게 우리 집에 큰 복을 주신 것 같습니다. 신명순 학생과는 처음이지만 여간 맘에 들어서입니다. 신명순 학생도 그런지 몰라도 신명순 학생과는 앞으로 한 가족처럼 지낼겁니다. 여기에 어떤 장애물도 끼어들지 못하게 지켜주소서. 그리고 매일 먹게 되는 밥이지만 잘 먹겠습니다. 이 음식을 먹고 몸에만 유익이 아니라 누군가를 위할 맘이 더해지게 하여 주소서. 예수님 이름으로 기도합니다.

"분위기는 보다시피 우리 가정은 예수 믿는 가정이야. 그래서 아저씨는 장로님이야. 그러니까 조양호 장로님. 학생은 앞으로 호칭을 아저씨라 말고 조 장로님으로 하면 돼."

주인댁 말이다.

"그러고 보니 당신 이름과 학생 이름이 성씨만 다르네. 서명순 권사님."

"그런가요? 아무튼 재밌다."

"…"

우리 엄마 아빠도 티격태격은 없으나 이렇게까지 오순도순하게 살지는 않은 것 같다. 참 좋은 분들 같다. 할 수만 있다면 이런 사실을 비디오로 찍어 부모님께 보여드리면 좋겠다. 깜짝 놀라시게 말이다.

"학생 짐은 어디에 있을까?"

주인댁 말이다.

"봉천동에요."

"그래? 그러면 내일 가지고 오면 되겠지만 짐이 많을까?"

주인아저씨 말씀이다.

"아뇨, 가방 하나뿐이에요."

"그러면 내 차로도 되겠지만 택시로 싣고 와. 택시비는 내가 줄 테니."

"택시비요? 안 주셔도 돼요. 제가 알아서 가져올게요."

"그리고 이것은 내 명함이야, 집 주소도 있어."

신명순 학생은 그렇게 해서 부동산중개업자 집에서 한 주간을 보낸다. 잠자리도 분에 넘치게 좋다. 그렇지만 맘은 편치 못하다. 그것을 안주인은 알아차렸을까?

"학생, 우리 집이 혹 불편한 거 아녀?"
말은 그렇게 했지만 불편한 것은 학생이 아니라 나(안주인)다. 그것은 아직 청년으로도 볼 수도 있는 50대 초반의 남편이지 않은가. 물론 저녁에만 집에 있는 남편이지만 말이다.

함부로 해서는 안 될 비하 말이나 남자라는 동물은 젊고 예쁜 여성이 옆에 있으면 정신이 어떻게 해질 것은 묻지 않아도 될 것이기 때문이다. 조 장로님은 그런 문제도 신앙적으로 보면 걱정이 없을 것 같으나 성적 문제에 있어는 대단하다는 성직자도 넘어질 수 있기 때문이다.

"아니요, 괜찮아요."
"이건 장로님과 의논해 봐야겠지만 방을 하나 얻어 주면 싶은데 그래도 될까?"
"방을 얻어 주신다고요?"
"그렇지, 서로 불편하지 않게 말이야."
"…"

무엇 때문에 방을 얻어 주겠다는 건지, 직접 말하지 않는 이상 알 수는 없어도 방을 얻어 준다고 해도 누워잘 방만이 아니다. 그러니까 먹을 것은 어떻게 해결할 거며·· 등 말이다. 혼자이기는 하나 이것저것 갖춰야 할 것들이 한두 가지가 아니지 않은가. 그럴 돈도 없는데 말이다. 그래서 불편하다는 생각은 어디로 가버리고 고민이 앞선다는 신명순 학생 표정이다.

　"이번이 휴가철이니 우리도 한번 밖으로 나가 볼까?"
　그렇게는 신명순 학생이 있는 자리에서 말하기는 곤란할 것 같아 사무실 전화로 해서다.
　"어디로요?"
　"생각해 보니 멀리까지는 시간이 안 될 것 같고 강화도로."
　"그러면 단일 치기로요?"
　"그렇지, 단둘이면 모를까 우리 상화도 명순이 학생도 있어서이지."
　"그러면 그렇게 하지요 뭐."
　"대답이 시원치 않다. 그러면 싫다는 건가?"
　"싫지는 않지만… 일단은 집에 와서 말해요."
　신명순 학생을 내보낼 문제가 있어서다. 처음에는 신명순 학생이 좋기만 했으나 생각해 보니 그게 아니어서다. 내 자식이 아닌 남의 딸을 한집에 있게 하기는 불편해서다. 그러니까 신명순 학생이 결코 미워서가 아니다. 남편 앞에서 얼쩡거리는 게 영 불안해서다. 그래서 가정주부 채용도 그런 점을 고려해서 나이 많은 사람을 구한다지 않은가.

"알았어."

"신명순 학생에게는 미안한데 내보면 싶어서요."

집주인 아줌마는 신명순 학생이 밖에 나간 사이에 하는 말이다.

"그건 왜?"

"왜가 아니라 좋기는 한데 불편한 데가 있어서지요."

"뭐가 불편한데?"

"다 말하면 복잡해요, 그러니 학비까지 줄 거면 조금 더해서 방을 하나 얻어 주면 해선데 생각을 한번 해봐요."

"당신이 그렇다면 그렇게 해야겠지만 억지로 내보내는가 싶어 맘은 편치 않네."

"장로님 맘이 편치 않아도 어쩔 수 없어요."

어쩔 수 없다는 말을 남편은 무슨 뜻으로 하는지 알아차렸을 테다. 그래, 부동산중개업자치고 생각이 어둡지 않기 때문이기도 해서다. 누가 말했는지는 몰라도 돌아가는 사회를 알려면 부동산중개업자를 찾아가라는 말도 있어서다.

"그래?"

"그래서 말인데 잠만 재울 것 같으면 가까운 곳에도 괜찮은 방이 있겠지요?”

“그거야. 알아봐야겠지만 전세야? 월세야?”

“방 하나도 전세가 있겠어요? 부동산중개업자가 그걸 내게 물으면 어떻게 해요.”

“아이고, 말 한번 잘못한 것이 혼쭐까지라니…”

“농담은 말고 가부간 결정이나 내려요.”

“아니, 결정을 내리다니? 돈은 내가 벌지만 쓰기는 임자가 쓰잖어.”

“그렇기는 해도요.”

“그렇기는 해도가 아니라 내가 돈을 못 쓰게 했나? 그렇지는 않은 것 같은데…”

“그건 그렇고 괜찮은 방이면 월 얼마지요?”

“변두리는 3백에 20은 주어야겠지.(강남 개발 초기)”

남편 말이다.

“그 정도면 괜찮은 것 같은데…”

“큰 문제만 아니면 그냥 있게 하자고.”

“그냥 있게 하자고요?”

“그렇지.”

“내쫓는 것 같아 고민도 했어요, 그렇지만 서로 불편하지 않게 살자는 거지요.”

“학생!”

밖에 나갔다 들어와 거처방에 있는 신명순 학생을 아저씨는 불러낸다.

"다름이 아니라 방 하나 얻어 주고 싶은데 그래도 괜찮을까?"

주인아저씨 말씀이다.

"예…?"

"싫은 건가?"

이번엔 주인아줌마 말이다.

"그렇지는 않지만 그렇게까지 안 하셔도 될 건데 감사합니다."

"그렇게 감격할 것까지는 할 것은 없고, 혼자 있으려면 끓여 먹을 그릇도 있어야 할 테니, 그것도 우리가 장만해줄게. 그래도 괜찮겠지?"

"그리고 침대는 있는지 모르겠지만 없으면 침대도…."

주인댁 말이다.

돈을 버는 건 쓰기 위함이 아닌가. 그래서든 생활 형편이 괜찮다면 여행비가 많이도 드는 해외여행 같은 고급여행보다는 보험 성격의 돈을 쓰라는 주장이다. 도움을 주어서 고마워하는 사람은 기억할 것이기 때문이다.

기억하기조차 싫은 6·25 전란 때다. 북한이 탱크로 밀어붙이는 바람에 서울을 뺏기게 되었고, 그로 인해 서울 시민들은 너나없이 남으로, 남으로 내려가야만 했다. 그렇게 내려가는 사람들이 너무도 많아. 집집마다는 기약이 없는 피난처가 된다. 그래서 집주인들은 마당에다 임시 거처를 만들어 지내게 하는데 어느 집은 동네에서도 괜찮게 사는 집 같아 이유 불문하고 밀고 들어갔더니 집주인은 식량 곡간 문을 활짝 열어버리더라는 것이다. 그래서 피난민들은 굶지 않고 지내는데 몰려드는 사람이 너무도 많아 결국에는 쌀독이 바닥나고 말아 집주인도 풀죽을 먹게 되는데 다행으로 서울수복이 곧 되어 돌아들 갔지만 도움을 준 일이 얼마나 고마운지 그 집에서 같이 기거했던 사람들끼리 모임을 만들어 매년 고마움의 표시를 했다는 소식이다. 이것이 사람 사는 세상이다.

"신명순 학생은 밥은 끓여 먹을 줄은 알까?"

남편 조양호 장로 말이다.

"모르겠지요. 학생이라 공부만 하기도 바빴을 텐데요."

"그러면 아침 점심은 학생 스스로 해결토록 하고 저녁은 우리 집에서 같이 먹게 하면 어떨까?"

"그래야겠어요. 어차피 과외 시간이 저녁일 수밖에 없을 테니."

"그렇기는 하네."

그래, 아내 말대로 신명순 학생을 내보내기로 했으나 서운한 데가 있다. 내가 (조 장로) 불편하다고 내쫓는 것 같아서다.

"그동안 심심한 가정에 얘기할 상대를 내보내서요?"

"그렇지, 밥 먹자. 자자. 대화라고는 그런 정도뿐이었잖아."

"그러면 과외 하러 오게 되면 그때 대화해요."

"그건 말도 안 된다."

"뭐가 말이 안 돼요."

"물어보지는 않았으나 과외를 우리 집만 하겠어. 수학 과외는 고 가고, 인기라잖아. 신명순 학생이 간호대 학생이기는 해도 수학과에 지원했었다면 머리가 수재급인데."

"수학 과외는 고가고, 인기요?"

"신명순 학생이 잘 가르친다는 소문만 나면 어떤 놈이냐가 문제지 신랑감도 줄을 설 거야."

"신랑감 줄까지요?"

"내 생각이지만 그래."

"우리 상화야, 수학 천재는 아니어도 사윗감을 골라야 해요. 아직 은 아니지만."

"벌써?"

"벌써가 아니라 앞으로 몇 년이면 대학생인데요."

우리 부부 애기가 거기까지 갔는가 싶은데 그렇게 보면 이런 대화 도 신명순 학생 덕은 아닐까. 그렇게 보면 신명순 학생을 도와주는 게 아니라 무덤덤한 우리 가정의 삶을 신명순 학생이 살찌게 하는 것이다.

그래서든 부부끼리 대화는 행복 이상 건강까지일 것이니 주변 사 람들에게도 권장할 일이다. 그래, 다툴 일 가지고는 대화라고 말하지 않는다. 그래서 말이나 가치 없는 말이라고 얘기를 뚝 잘라 버려서는 안 된다.

상대의 얘기가 끝날 때까지 기다려주는 것은 인격에 해당되기 때문이다. 짐작이지만 부부 대화는 건강상으로 봐도 보약보다 몇 배의 효능이 있을 것이다. 나이를 먹어서 손주가 좋은 것은 왜일까는 설명까지 필요 있겠는가. 손주와의 대화는 새겨들을 만한 가치는 없다 해도 치매를 막아주는 효과가 있음을 알아야겠다.

말을 더한다면 손주와의 대화는 잠이 잘 오게 하는 의학적으로도 해석이 안 되는 무엇인가가 있다는 것이다. 그래서든 괜찮은 아이로 성장시킬 마음이면 할아버지 손에서 성장하게 하라! 사회로부터 칭찬받는 인물로 키우고 싶다면 말이다.

"명순이 너 서울대에 붙은 것을 두고 우리 학교에서는 난리다."
조선대학 부속 고등학교 동창인 김기정 친구 말이다.
"난리?"
"난리라는 말 명순이 너는 처음 듣는 거야?"
"그런 말 듣기는 처음이다."
"그렇기는 하겠다. 그동안 집에 안 왔다면."
이번엔 조기숙 친구 말이다.
"생각해 봐라. 서울대학은 그만두더라도 연고대조차도 어림없는 일이라 그렇지."

신명순이 서울대학교에 붙은 것을 두고 조선대학교 부속 고등학교만이 아니라 광주에서는 대단한 얘깃거리다. 서울대학교에 들어가기가 얼마나 어려운지 모르는 사람 없겠지만 동네에서는 천재라는 말을 듣기도 하는 광주 제일고등학교 학생들조차 서울대학교는 몇 명에 불과해서다. 그렇지만 신명순은 그런 불문율을 보란 듯이 깨버린 장본인인 것을 어쩌랴.

"그런데 명순이 너 무슨 돈으로 방까지 얻었냐?"

조기숙 친구 말이다.

"얘기하자면 길겠지만 그렇게 됐어."

"서울대에 들어간 것도 천운이지만 명순이 너는 무슨 복을 타고났냐. 부럽다."

김기정 친구의 말이다.

"내가 서울대에 붙은 것이 천운이라고? 그런 말은 듣기가 좀 그렇다."

그런 얘기를 하자면 날밤을 지새워도 모자라겠지만 내 눈에 미안하지만 너희들은 아래로 봐지는 걸 어쩌랴.

이것들아 생각을 해봐라. 운이란 아무것도 않고 복권 당첨이나 바라는 거지 같은 생각에서 나온 말인 거야. 시장에 나와 있는 공산품들 어떤 사람들이 만든 줄 알면 답이 나올 거다. 그러니까 설명까지 필요할지 몰라도 먹고살겠다는 맘으로 몸부림에서 출발해 만들어진

제품들인 거야.

젊어서 고생은 사서라도 하라는 말 너희들은 듣기나 했냐? 그러니까 이 세상에 배부른 사람만 산다면 그런 제품들이 만들어질 것 같으냐 말이다.

인생에서 가치 없는 오락 골프 같은 것이나 즐기다 늙어 추하게 죽을 뿐이라고 나는 그렇게 생각해 이것들아! 들은 말이기는 하나 가치 있는 것 만들어 보고자 몸부림일 때 없던 지혜의 생각이 떠오르기도 하지만 도움의 손길이 있다는 거야. 그러니까 운이라는 말은 꿈을 포기한 바보들이 만들어 낸 넋 빠진 얼간이들 말인 거야.

"야, 너는 천운이라고 하면 듣기 좋겠냐."

서양순 친구 말이다.

"천운이라는 말은 듣기가 좀 그렇다."

김복녀 친구 말이다.

"천운이라고 말한 것은 사과할 게 그렇지만 아무튼 잘됐다."

김기정 친구 말이다.

"사과는 무슨 사과야 친구끼리… 그렇지만 너희들 급하면 뛰라는 말 못 들었을까?"

"급하면 뛰라는 말 교과서에도 없는 말이잖아."

"교과서에 있고 없고가 어디 있어. 사정이 절박하면 그러라는 거지."

"그러면 고생도 했다는 거잖아."

"고생이라고 말하기는 좀 그렇고, 듣기 좋게 말해서 도전했다고나 할까. 아무튼 그랬어."

그래, 아무나 들어가는 조선대학교 부속 고등학교 학생이 말도 안 될 서울대학교에 붙었으니 당연히 야단들이겠지. 조선대학교 부속 고등학교 개교 이후로 누구 하나 서울대학교에 붙기는커녕 도전이라도 해본 적 없는 것 같은데 말이야. 서울대학교 간호학에 붙게 되기는 지원자 미달이라는 운으로 봐야겠지만 그런 사실까지 너희들한테 말할 수는 없어도 내 실력으로는 꿈도 못 꿀 일이지. 그렇지만 서울대학교에 붙은 것만은 인정해 주어야 해.

수학은 내가 잘하는 거 너희들도 알고 있겠지만 대학 시험은 수학만 잘해서는 안 되잖아. 그래도 떨어지면 떨어질지라도 도전을 했고, 간호학과에 덜컥 붙은 거야.

그렇게까지는 2지망 학과인 간호학과는 30명 모집에 이 신명순이까지 27명만 지원하게 된 거야. 그랬으니 어떻게 되겠어. 합격은 당연하지 않겠냐.

이런 것을 두고 누구는 재주라는 말을 하고 운이라고 말할지 모르겠지만 말이야. 도전이라는 말 너희들도 들어 알고 있겠지만 그게 도전이 아니야. 도전이라는 것은 가치 있는 것을 얻기 위해 새빨간 불 속으로 뛰어드는 걸 말함이지. 상식을 말함이 아니야. 그렇다고 나처럼 해보라는 것은 아니나 생각의 발상을 좀 엉뚱한 데 두라고 말하고 싶다.

그러니까 젊어서는 생각을 안정에다 두지 말고 무언가를 해보려고 애씀을 말함이야. 설명할 필요도 없이 애를 쓰는 것이 보이면 다가오는 사람이 있게 마련이지 않겠어.

　어쩌면 성공길을 걷게 된 신명순처럼은 아니어도 생각해 보면 입학원서 제출 시간을 맞춰주려고 초고속으로 운전해주신 고속버스 기사 아저씨가 그랬고, 서울이 처음인 나를 서울대학교까지 대려다준 아저씨가 그랬고.

　가정교사로 있게 해준 부동산중개업을 하시는 아저씨가 그랬던 것을 보면 말이다. 너희들도 알고 있겠지만 서울이 처음인 데다 아는 사람이라는 누구도 없잖아. 그래서 무작정 다가갔고, 사정 말을 했고, 뛰어들었기에 이처럼인 거야.

　모르기는 해도 서울대학은 공부가 수재급들 집합소잖아. 그래서 지원했다가 떨어지기라도 하면 낭패라는 두려움 때문에 낮게들 지원하는 바람에 그 혜택을 말하자면 내가 받게 된 거지.

　나는 그렇게 생각해. 간호대학은 의사 선생님 대접도 아니고, 간호대학은 간호사일 뿐이잖아. 그러니까 선생님이라는 말도 못 듣는 서울대 출신 간호사.

　그래서 처음에는 내가 잘하는 수학과를 지원한 거야. 그렇지만 혹 떨어질지도 몰라 2지망 학과 간호학과도 지원했는데 덜컥 붙은 거야. 그렇게 보면 세상은 이 신명순을 위해 존재하는 거고, 저 태양은 나를 위해 떠 있는 거야. 누가 뭐라든 나는 그렇게 생각해 이것들아!

현재로서야 자신까지 할 수는 없어도 나는 앞으로 너희들이 부러워할 만큼 잘 될 거야. 잘될 길로 나아가기는 생각처럼 쉬울 수가 없어 헤맬 수는 있겠지만 말이야.

"듣기에 기분 나쁠지 몰라도 명순이 네 실력으로는 서울대학은 꿈도 꿀 수 없잖아."

김기정 친구 말이다.

"학교에서는 그렇게 말하겠지. 그래서 이상한 말을 해도 나는 기분 나쁘지 않아."

"미안해, 축하는 못 할망정 듣기 싫은 말을 해서."

이번에는 양소영 친구 말이다.

"맞는 말인데 미안은 무슨 미안이야. 그런 걱정은 말고 서울에 오게 되면 전화나 해. 알았어?"

"서울 구경시켜주려고?"

"서울 구경? 서울 구경은 공짜가 아닌 장소가 많은가 봐. 그래서 그냥 내 방에서 얼굴이나 한번 보자는 거야."

"명순이 너, 서울대학에 붙었으니 이름도 좀 날려라!"

김복녀 친구 말이다.

"고맙다. 노력만은 해볼게."

"명순이 네 노력은 헛되지 않을 거다."

또 김복녀 친구 말이다.

"어떻든 명순이 너는 좀 별 난데가 있기는 하지만 서울대학까지는 대단하다."

양소영 친구 말이다.

"그래, 대단하다는 말도 하겠지."

"전혀 엉뚱한 짓 한다고 네 엄마로부터 그런 핀잔을 듣기도 했다고 말했잖아."

김복녀 친구 말이다.

"내가 그랬었나? 암튼 말이라도 고맙다. 잘되면 밥 한 번 살게 기다려라."

"잘되면 밥 사? 않느니 죽겠다."

양소영 친구 말이다.

서울대학교에 들어가고자 욕심은 신명순 학생만이 아니다. 그렇게 봐서든 너나없이 모두는 욕심쟁이일 수도 있다. 그래, 욕심쟁이라고 말할 때는 자기 유익만을 의미한다. 그렇지만 사회발전은 잘살아보겠다는 욕심이 없어서는 불가능하다.

우리는 도전을 말하기도 한다. 도전은 해보고자 하는 일에 있어 성공할 가능성이 거의 없는 제로상태에서부터 출발한다. 그러니까 도전은 실패를 전제로 해야 한다는 것이다. 성공하리라는 믿음이 없으면 처음부터 아니겠지만 말이다.

하나님이 말씀하시기를 말세에 내가 내 영을 모든 육체에 부어 주리니 너희의 자녀들은 예언할 것이요 너희의 젊은이들은 환상을 보고 너희의 늙은이들은 꿈을 꾸리라 (사도행전 2장17절)

피가 흐르고 불길이 일고 연기가 기둥처럼 솟고 해는 빛을 잃고 달은 피같이 붉어지리라. 여호와께서 거동하시는 날, 그 크고 두려운 날이 오기 전에 이런 일이 있으리라. 그때 여호와의 이름을 부르는 자들마다 구원을 받으리라. 여호와께서 하신 말씀하신 대로 시온산에는 난을 면한 사람이 있으리라. 예루살렘에는 여호와께서 부르신 사람이 살아남으리라 (요엘 2장 28-31절)

젊은이라면 이 성경 구절이 무엇을 말하고 있는지 되새겨 볼 필요가 있다 "해보기나 해 봤어." 우리나라가 이만큼 잘살 수 있도록 경제적 공을 세운 고 정주영 회장의 말이 생각난다. 즉흥적으로 하신 말씀이지만 오늘날의 젊음들은 엄마의 젖을 너무 오래 빨고 있다는데, 문제라면 문제다.

대한민국 장래가 밝으려면 대학에 들어가기 전에 부모로부터도 좀 일찍 떨어져 나올 생각을 가지라는 것이다. 대학도 장가도 부모가 다 해주길 바란다면 세상에 살아갈 필요가 없을 것 같다는 생각에서 하는 말이다.

노령이 시시콜콜한 말일지 몰라도….

다시 말이지만 보이는 일에 승률이 10%만 보여도 도전하라이다.

성공은 도전하는 자의 것이리니. 될 만한 일에 애쓰는 자에게는 이름 모를 누군가는 도움도 줄 것이다. 서울대 학생이 된 신명순 학생을 보더라도 말이다. 서울대학교에 붙기까지는 가능하다 해도 등록비이며, 누워 잘 곳이며 전무한 상태에서 무턱대고 도전했지만 좋은 신랑감도, 현재의 직업도 누구로부터도 대접받는 괜찮은 현대 여성 말이다.

"신명순 학생!"
"예."
"특별한 일이 없으면 점심때 내 사무실로 올 수 있을까?"
부동산중개업 아저씨는 점심을 사주고 싶어서다.
혼자 있으라고 얻어 준 방에 전화기도 있어서 밖에 나가기 전 아침 여덟 시쯤에 소망부동산 아저씨는 전화를 건다.
"사무실로요?"
"그렇지."
"예, 알겠습니다."
점심때라니 점심 사주려고 그러시나? 내심 불량 심이 인다. 그래, 불량 심까지 따질 지금의 내가 아니지 않은가. 구걸해서라도 먹고 살아야지. 그래서 신명순은 시간을 맞춰 아저씨가 운영하는 소망부동산중개업소 사무실로 간다. 그런데 집 주인아줌마도 나와 있지 않은가.

"어서 와."

"언제 오셨어요?"

"나야 할 일도 없고, 그래서 늘 오게 되지. 점심도 같이할 겸."

"아, 예."

"그런데 혼자 뭘 먹고 살지? 반찬도 주지 못했는데…."

주인아줌마 말이다.

"아니에요, 저는 아무거나 잘 먹는 입맛이어서 반찬 걱정은 안 해요."

"아무거나 잘 먹는다고 해서 라면만 먹을 수는 없잖아?"

"아니에요. 시장에는 만들어 놓은 반찬도 있어서 사다 먹고 그래요."

"그러면 모를까."

"자 일어나자."

부동산 아저씨 말씀이다.

"오늘은 청송식당 말고 다른 데는 어때요?"

주인댁 말이다.

"이 근방에서는 청송식당이 제일이야, 음식 맛도 내 입맛에 딱 맞고."

"아니, 청송식당이 당신 입맛을 버려놓는 것은 아니고요?"

"청송식당 내 입맛을 버려놨다고?"

"그러지 않고서야 맨 날 거기만 가서 말이요."

"그건 지나친 오버여. 당신도 보다시피 사무실을 오래 비울 수도 없잖아. 그래서이지."

아니, 그런데 아내가 그동안 없었던 예민함은 무슨 이율까? 들을 필요도 없는 말을 듣기는 했으나 여성들은 남성들과 달리 상대가 본

93

인보다 더 예쁘면 질투심이 있기 마련이라고 하던데 그래서 신명순 학생 때문은 혹 아닐까? 방을 얻어 내보내자는 둥 아닌 반응을 내보여서다.

그래, 인간 심리학까지 필요도 없이 내가 잘나야만 한다는 건 상식이다.

그러니까 서울대학교를 보내려 모든 것을 쏟아붓기까지 한다. 그러나 신명순 학생 말을 들으면 다는 아닐 것으로 본다면 내 딸 상화에 대해서는 그렇게까지 신경을 안 쓰는가 싶어 다행이라면 다행이다. 미국에서 유학 중인 제 오빠와 함께 공부하도록 부모로서 이미 정해 준 거나 다름 아니라는 조 장로 표정이다.

"그렇기는 해도요."

"그렇기는 해도요, 그건 아니니 오해는 말어. 그러니까 점심 한 끼 먹자고 멀리까지는 아니라는 생각에 가까운 청송식당에 가게 된 거여. 그래서인지는 몰라도 청송식당이 친척이 운영하는 식당인 것 같은 느낌인데다 음식마다 내 입맛에 맞아서여."

남편 조 장로는 그게 아니라고 해도 될 말을 너무 길게도 한다.

"나 같으면 한 식당만으로는 물릴 것 같은데 당신은 그러네요."

"다른 사람은 그게 맞을지 몰라도 이리저리 옮겨 다니는 식당은 좀 그래서이지."

"그렇기는 해도 오늘은 좀 달리합시다."

"그러자고."

"대답을 쉽게도 하시네요."

"누구 말인데 아니라고 하겠어. 그러니까 변명을 하자면 나로서는 단골식당임을 이해해도 돼. 다른 이유 없어. 혹 오해하고 있을지 몰라서 해지는 말이나 나한테 척 달라붙으려는 여자도 없어."

"지금 한 말 나더러 믿으라고요?"

조 장로 아내는 신명순 학생을 슬쩍 보면서다.

"아이고 나 봐라. 신명순 학생을 옆에 두고 실없는 말을 다 했네."

"아니에요. 괜찮아요."

"나도 미안해."

조 장로 아내 말이다.

"아니에요. 괜찮아요."

그런 정도의 말실수를 가지고 기분 나빠할 연약한 저 아니니 미안해 안 하셔도 돼요. 신명순은 그런 표정으로 임한다. 그래, 실수가 아닌 의도적 말일지라도 눈 감아야 할 지금의 내 처지 아닌가.

어떻든 소망부동산업자 말대로 우리는 단골이라는 말도 한다. 단골은 장사하는 사람의 신뢰도가 그만큼 높다는 얘기로 가격이 비싸고, 싸고가 아니라 신용을 절대로 하라는 것이다. 장사는 가격을 깎아주는 버릇을 키워서는 곧 문을 닫게 된다는 점도 기억해 둘 필요가 있다.

"신명순 학생!"

"예."

"오늘 점심은 뭘로 먹을까?"

"저는 아무거나 다 잘 먹어요."

"그러면 엘에이갈비도 괜찮을까? 괜찮다면 그걸로 먹게…."

"감사합니다."

"감사하다는 말 이제 그만해도 돼. 우리 집은 학생 때문에 심심하지 않아 좋아."

"감사합니다."

그래 점심을 사주겠다고 불러내셨으니 괜찮은 걸로 사주시겠지만 내가 이런 대접을 받아도 되는 건지 모르겠다. 아무튼 이런 사실을 광주에 계시는 부모님이 아시기라도 하면 뭐라고 하실까? 상상도 못할 일로 놀라 넘어지실지도 모를 일을 나는 무상으로 맛보고 있다.

"주문은 뭘로 하실지는 이 식단표를 보시고 벨을 눌러 주십시오."

물 등은 다른 여자들이 가져다주지만 군대는 갔다 왔을까? 나이는? 멋지게도 생긴 청년 말이다.

"아니, 사무실에서 봤던 학생 아닌가요?"

청송식당 주인아줌마 말이다.

"안녕하세요."

"아이고 그렇구먼. 반갑네."

요식업은 손님을 귀빈처럼 대하지 않으면 안 된다는 그런 기본 인식일 것이기에 맘에 없는 칭찬을 퍼붓기도 해야 할 테지만 지금의 나는 거기까지가 아닐 것이다. 그것은 소망부동산 중개업 사무실에서 봤던 얼굴이라는 데 있어서다.

　"사장님이 보셨던 그때의 학생이 지금은 한 식구가 되었습니다."
　소망부동산 중개업자 조 장로 말이다.
　"이 학생은 서울대 학생이기도 하지만 수학 천잽니다."
　조 장로 아내 말이다.
　"그래요? 말만 듣고 있을 뿐이지만 수학이 얼마나 어려운 과목인데 대단하네요."
　이렇게 주고받는 얘기를 서빙을 하는 청년은 듣고 신명순 학생을 슬쩍 본다.

　"아니, 혹 월세방 말했던 청년인가요?"
　소망부동산 중개업자 조 장로 말이다.
　"맞아요."
　"방 계약은 사장님이 하시기에 어떤 학생인가 궁금했는데 저 청년이군요. 멋지게도 생긴 청년이네요."
　"그래요. 멋있는 청년이어요."
　요식업은 음식이 맛도 있어야겠지만 일손 서비스도 중요하다. 그런

점에서 여종업원의 경우는 젊으면서 예뻐야 할 것이고 남자의 경우는 멋져야 함은 말할 것도 없을 것이다. 그래서일 테지만 이 청년은 맘에 들어요.

청솔식당 주인은 그렇게 말할까 하려다 그만두는 건 아닌지 모르겠다. 그것은 청년이 서 있는 쪽과 신명순 학생이 앉아 있는 모습을 청솔식당 여사장은 번갈아 보기 때문이다.

"그래요. 멋진 인물은 얼굴만으로도 연 수백억 원을 벌기도 한다네요."

소망부동산 중개업자 조 장로 말이다.

"필요한 것 있으시면 언제든지 말씀하세요."

식당 일하는 청년은 바쁘게도 와 신명순 학생을 속눈으로 보면서 하는 말이다.

"알았어요. 그런데… 아니요. 됐어요."

조 장로 아내 말이다.

"아니, 무슨 말을 하려다 그만두는 걸까?"

"아무것도 아니어요."

"알겠습니다."

그래, 여자도 마찬가지이겠지만, 남자는 여자를 좋아하게 설계되어 있다. 신명순 학생은 이제 갓 이제 갓 스무 살, 그러니까 꽃으로 치면 내일쯤엔 활짝 필 장미, 그러니 어찌 예쁘지 않겠는가.

예쁘기도 하지만 서울대학교 학생이라니… 나도 우리 집에서는 괜찮은 놈이니 우리 한번 사귀어 봅시다. 그런 말은 고려대학교 야간대학생으로서는 말도 못 붙일 서울대학교 학생이다. 이것이 고려대 학생과 서울대 학생이겠지만 서비스 청년은 신명순 학생이 자꾸만 봐지는지 가다 말고 뒤돌아보는 몸짓이다.

"신명순 학생!"

소망부동산 중개업자 조 장로 부름이다.

"예."

"내가 자주 전화하게 되는데, 전화하는 거 혹 싫은 것은 아닐까?"

"아니에요."

"아니면 다행이지만 엘에이갈비 시킬 건데 괜찮겠지?"

남의 자식이지만 나도 모르게 사랑스러워진다. 신명순 학생은 남학생도 아니고 여학생이라 혹 오해는 사지 않을까 싶기는 하다. 그런 오해를 불식시키기 위해서라도 단둘이 가 아니라 아내와 항상 같이하지만 말이다.

"엘에이갈비요?"

"그래, 엘에이갈비."

"나쁘지는 않지만 그렇게까지는…."

"그러니까 부담이라는 건가?"

"아니에요. 감사해요."

그러나 좀 부담스럽다는 표정으로 신명순 학생은 말한다.

"오늘은 저번에 먹은 엘에이갈비 말고 더 맛있는 거 먹읍시다."

조 장로 아내 말이다.

"저번에 먹은 엘에이갈비 처음 먹어 봤는데 미국산 소고기예요?"

신명순 학생 말이다.

"왜, 미국산 소고기는 싫은 건가?"

"아니요. 좋지요. 여간 맛있어요."

"그래, 수입 소고기이기는 해도 한우 못지않아. 값까지 따질 건 아니지만 값도 그만큼 저렴하고, 그런데 미국산 소고기 나도 잘 모르고 맛있다만 알고 먹게 되는데 인터넷에 한 번 들어가 볼까? 뭐라고 설명되어 있는지?"

"인터넷에 그런 것도 올려져 있어요?"

조양호 장로 아내 말이다.

"당신 백과사전 지금도 가지고 있는데 이젠 버려도 돼. 백과사전이 인터넷 때문에 필요가 없어진 거여."

"알았어요."

"엘에이갈비란 무엇인지 인터넷으로 한번 봐요."

"그런 거 알아두어 뭐 해요. 그냥 맛나면 되지. 안 그래?"

조 장로 아내는 신명순 학생을 보면서다.

"나이 먹은 사람보다도 젊은 사람은 단백질을 팍팍 먹어두어야 해."

"저더러 하시는 말씀이면 저는 그만 먹을래요."

"뭔 소리야. 밥을 사주겠다고 불러냈으면 맘껏 먹게 해주어야지. 안 그래?"

"나보고 하는 말요?"

"봐요. 우리가 자랑할 건 못 되나 형편이 궁하지도 않잖아."

"그런 말 이런 자리에서 왜 해요."

"그런가."

"그런가가 아니라 서빙 청년이 들을지도 모르잖아요."

"그러네. 학생 미안해."

"아니에요."

엘에이갈비를 내가 사는 게 아니라 조양호 장로님으로부터 얻어 먹게 된 입장이라 아니라고는 했다. 그렇지만 그런 얘기는 생활 형편이 너무도 어려워 돼지고기조차 조금밖에 못 사 오시기까지 넉넉지 못한 우리 집과 언니 생각이 난다. 언니는 넉넉지 못한 가정형편이라 가고 싶었던 대학도 포기하고 은행이라는 직장으로 뛰어들고 말았다는 게 미안도 하다.

그러기까지가 부모님 탓도 동생인 내 탓도 아니기는 해도 말이다. 이유야 어떻든 누구도 쉽게 먹을 수 없는 엘에이갈비를 나는 다 먹고 있다.

그게 잘못일 수는 없겠으나 당당하지는 못하다. 떳떳한 우리 부모가 아니라서다. 그렇기는 하나 엘에이갈비 사주시는 조 장로님 고마움을 생각해서라도 맛나게 먹자.

"아니기는 뭐가 아니야. 우리는 한 식군데."

"그래요, 한 식구이지요."

조 장로 아내 말이다.

"한 식구 말이 나와서 하는 말이나 피로 연결됨을 말함이 아니라 한솥밥을 먹는 사람들끼리라는 말이겠지."

"지금 하신 말씀 책에서 본건 아니요?"

"책에서 찾은 게 아니여. 그냥이여."

"그래요?"

"사모님 그게 아니에요. 장로님 말씀 저를 두고 하시는 말씀이어요."

사실인 것은 짐작까지는 필요 없다. 그렇다고 기분 나쁠 건 없어도 어쩐지 도움을 받게 된 처지라는 생각만은 지울 수가 없어서다.

"지금 한 말 아니게 들렸다면 미안하나 학생이 우리 집에 와 한 식구처럼 이길 벌썬가 싶게 일 년 가까이나 돼 가잖어. 그래서니 오해하지는 말어."

"아니에요."

오해라니요. 그건 아니에요. 그래요. 말을 많이 하다 보면 누구의 말처럼 '말은 은 침묵은 금'이 될 수도 있겠지요. 그렇기는 해도 그런 말은 양반 상민 따질 때 쓰였던 말이고 삶의 형태가 뒤바뀐 현대에서는 인간미를 살려주기도 할 마력도 있을 말일 걸로 저는 생각해요. 아무튼 저는 평생 잊지 못할 귀하신 분을 만나게 된 거예요. 그래서든 감사할 따름입니다.

"학생을 만난 건 학생이 우리를 위해 와준 거여. 교회 장로 입장이기는 하나 이 같은 일은 아무리 봐도 하나님의 은혠 거여. 그러니까 결코 선한 맘이 아니라는 거여."

결코 선한 말이 아니라는 지금의 말 신명순 학생은 어떻게 들었을지 몰라도 말만은 결코 아니다. 그러니까 수많은 사람이 있다 해도 맘 편한 사람 찾기는 어쩌면 하늘의 별 따기일 수도 있다. 그런데도 신명순 학생은 뜻하지 않게 와준 거다. 고맙다. 엘에이갈비 맛나게나 먹어라. 뿐만이 아니다. 좋은 신랑감도 만나라. 조양호 장로는 축복 생각까지다.

"그래서 말이지만 이제부터는 자주 이용하자고."
"저는 아니에요."
"사양할 건 없어 우리는 한 식군데."
"더 필요한 것 없으세요?"
얘기가 거기까지 진행되는 동안 식당 종업원이기도 한 전재순 청년은 다가와 하는 말이다.
"사이다 하나만 더요."

조 장로 아내 부탁 말이다.

"예, 알겠습니다."

사이다는 신명순 학생에게 주기 위한 것인 줄 알고 그럴까. 전재순 청년은 사이다를 재빠르게도 가져온다. 전재순 청년은 신명순 학생에게 생각의 핀이 꽂혔다고나 할까.

청송식당에 자주 와 구면이기도 해서 말이라도 한번 걸어봐야겠다는 생각으로 기회를 만들고 싶은데 그럴 기회가 없다. "맛나게 먹고 갑니다. 감사합니다." 인사하고 나가면 신발을 봤을 테지만 신명순 학생 신발 속에 전재순 본인이 기거하는 방 전화번호 쪽지를 넣어둔다.

그런 쪽지를 본 신명순 학생은 전재순과 통화하기 위해 전화기 버튼을 누른다.

"여보세요."

전재순은 느닷없는 전화가 아니라는 듯 여성처럼 공손하게도 받는다.

"안녕하세요. 저는 청송식당에 자주 가는 여학생입니다."

"아이고, 안녕하세요."

전재순 학생은 기다렸던 전화이지만 '다음부터는 전화 걸지 마세요.' 할까 봐 초긴장이다.

"그런데 신발 속에 넣어둔 쪽지가 있어 전화를 거는 건데 혹 청송식당 전재순 씨 맞나요?"

"맞습니다. 그런데 쪽지까지는 죄송합니다."

"아니요, 괜찮습니다."

신명순 학생도 짝을 찾아야 할 입장임을 생각해서인지 괜찮습니다, 한다. 아무튼 서빙의 가운을 입은 식당에서의 모습이기는 해도 멋지다 싶은 청년임을 봐서다.

"그러세요. 제가 주제넘게 무례한 행동일지 모르겠습니다."

"그런 일에 무례가 다 뭐예요. 그건 아니에요."

"그러시면 다행입니다만…."

"다행이 뭐예요. 그건 아니에요."

"미안합니다"

전재순 학생 말이다.

"미안하다 싶으시면 시간 한 번 내주시면 좋겠습니다."

"좋지요, 그러면 언제쯤이요?"

"제가 한 달에 두 번씩 쉬게 되는데 요일은 항상 화요일이에요. 그래서…."

"그러시면 점심시간을 맞춰 서울대학교로 오실 수 있을까요?"

"그러니까. 간호대학교 말이지요?"

"그렇지요."

"알겠습니다."

얼마나 반가운 전환가. 청송식당에서 서빙 하는 청년의 마음은 신명순 학생을 조용히 있게 놔둘 수가 있겠는가. 쪽지를 신발에다 넣어두기는 했으나 따귀 맞을 짓은 아닐까 해서 조마조마했는데 말이다.

때문에 전재순 학생은 신명순 학생에게 핀이 꼽혀 그렇겠지만 당장 거울을 본다. 이발은 지난주에 했으니 안 해도 되겠고. 옷은 무엇으로 입을까?

물론 갈아입을 옷이 마땅히 없기는 하지만 말이다. 그래, 학생이니까. 어색하지 않은 평상복차림으로 약속한 서울대학교로 달려간다. 이 서울대학교는 대한민국 수재들만 모이게 된다는 대학 아닌가.

그러면 신명순 학생도 머리가 수재급인 것만은 틀림없다. 사원을 채용하는 기업들마다는 서울대학교 꼴찌가 고려대학교 1등보다 더 높게 쳐준다고 해서다. 아무튼 서울대학교로 오라고는 했으나 고려대학교 학생인 나를 제대로 상대는 해줄지다.

"기다리게 해서 미안해요."
"기다리지 않았어요. 방금 왔습니다."
말이야 방금이라고 했지만 한 시간 전에 온 것이다.

"그러시면 오늘 강의는 끝났으니 밖으로 나갑시다."

만나서 말하기는 처음이지만 신명순 학생은 구면처럼이다.

"어디로 갈까요?"

"어디로 가 아니라 저를 따라오세요. 늘 가게 되는 식당이 있어요."

"그래요?"

신명순 학생은 서울대학교 학생이라서인지 너무도 당당하다. 어떻든 전재순 학생과 신명순 학생은 서울대학교 정문식당으로 들어간다.

"뭘 먹을까요?"

신명순 학생 물음이다.

"잠깐이요, 메뉴판을 한번 보고요. 낙지볶음도 있네요."

전재순 학생은 남자라는 입장임을 내세우기 위해 밥값도 준비했다.

"그러면 낙지볶음으로 먹읍시다."

둘이는 점심을 먹으면서도 전재순 학생은 흉잡힐까 봐 숟가락질, 젓가락질이 자유롭지 못하다.

"오늘 점심값은 제가 결재하는 건데 아무튼 정말 잘 먹었습니다."

신명순 학생 말이다.

"아니에요. 결재는 제가 할게요."

"아니에요, 제가 다니는 학굔데요."

"그렇기는 해도 결재는 남자인 제가 하는 게 맞습니다."

"그건 전날 결재문화예요. 지금들 보시다시피."

"그렇기는 해도…."

"그렇기는 해도가 뭐예요."

"고맙습니다. 맛나게 잘 먹었습니다. 그런데 저처럼 돈을 벌 입장도 아니시라면 돈도 없으실 텐데 대접을 제가 대접받습니다."

"아니에요. 저도 돈 벌어요. 그래서는 아니나 제가 불렀는데요."

"그렇기는 해도 저는 월급을 많이 받아요."

"월급을 받아도 그렇지요."

"그러면 다음에도 제가 따라갈게요."

전재순 학생 다음에도 제가 따라갈게요. 말은 괜찮은 학생으로 보라는 의미의 말이다.

"따라가고 가 어디 있어요. 우리는 학생이라는 입장인데요."

신명순 학생 우리는 학생이라는 입장인데요. 말은 학생끼리만이 아님을 말하고 있다. 그러니까 남자는 밥 먹는 태도를 봐야 한다고 할머니는 말씀 기억으로 보면 전재순 학생은 밥 숟갈질도 자신이 있어 보이기는 하다. 혼자 먹게 되는 밥 말고는 맛있게 먹는 태도여야 해서다. 그러니까 음식을 만들어 주는 사람의 정성을 인정하라는 것이다. 그렇게는 버리기 아까운 음식이라고 해서 냉장고에 넣어 두었다가 꺼내 먹는 그런 음식이 아니라 진짜 맛있게 만든 음식이어야겠지만 말이다.

현대에서야 고리타분한 얘기일 수는 있겠으나 농경시대 밥상에는 항상 국이었기 때문에 간장 종지가 올려진다. 그것은 입맛에 맞게 간

맞추라는 것이다. 생활 태도는 화장실과 간장 맛으로 가늠할 수 있다고 했다. 이것은 전날 얘기이기는 하나 생활 형편이 괜찮은 주부들 지혜이기도 할 것이니 참고다.

"여기 서울대 뒷배경이 관악산임에도 아직도 그런가 보다만 했는데 우리 한번 올라가 봅시다."

신명순 학생 말이다.

"그럽시다."

전재순 학생은 신명순 학생 우리라는 말에 취했음인지 손이라도 붙들고 싶다는 표정이다. 그래, 대학은커녕 학교도 못 다닌 청춘들처럼은 아니어도 너무도 한가한 산이다. 그래서 바라볼 사람 누구도 없다면 둘이는 풀밭에 눕기까지도 가능할 것이나 그렇게까지는 아니어도 입맞춤 가능할 건데 그냥이다.

"그만 올라갑시다."

신명순 학생 말이다.

"저기로 갑시다."

나무 그늘이 지고 대체 적으로 편편한 곳에 자리한다. 그러나 탓을 하자면 하늘은 하얀 구름만인데다 한여름 날씨다. 그렇기는 해도 둘이는 옷자락이라도 닿을까 봐 거리를 둔다.

"학생은 고향이 어디세요?"

신명순 학생 물음이다.

"고향이요?"

"예."

"담양이에요."

"그래요? 저는 광주예요."

"그렇군요."

신명순 학생 고향이 광주라는 말은 청송식당에서 들은 것 같다. 그렇지만 알고 있다고 말하기는 아닌 것 같아 모르는 척한 것이다.

"그러고 보니 담양이나 광주나 같은 전라도네요."

"배우고 있는 학과는요?"

신명순 학생 물음이다.

"저는 건축이어요."

"그래요? 저는 어쩌다 보니 간호학과 학생이네요."

'어쩌다 보니'라는 말은 할 필요도 없는데 나도 모르게 해버렸다. 그렇지만 서로 다른 방향을 하고 있어서 전재순 학생은 알 턱이 없을 것이나 신명순 학생은 내심 필요 없는 말까지 했나 싶은지 어색한 표정이다.

"저도 처음에는 법학을 할까 했는데 방향이 아닌 것 같아 건축으로 바꿨습니다."

"그래요? 이유는요?"

그렇게까지 물을 필요도 없는데 내가 너무 꼬치꼬치 묻는 게 아닌지 모르겠다. 그러나 전재순 학생에게 실례 말을 아닐 것이다.

나는 2지망 학과 간호학과지만 학교 사정을 보면 2지망 학과는 학생들을 위하자는 것보다는 학교 운영 면에 있는 것 같다. 그래서 어느 지망학과가 뚜렷하지 않다면 서울대학만큼은 너나없는데 그런 문제에 있어서는 고려대학도 서울대학과 같지 않을까 싶다.

"이유는 공부를 잘하지는 못했으나 전교 수석도 해 봤어요. 자랑 같지만 말이요. 그래서 처음에는 그냥 법관이 꿈이 이었다가 그게 아니다 싶어 실리를 택했다고 할까. 건축학과입니다."

"대단하십니다."

"대단하기는요. 대단하기로 말하면 제가 아니라 신명순 학생이지요. 이름까지 들먹거려 죄송은 하나…."

"이름 불러도 돼요. 제 이름이 신명순이라 남성들이 쉽게 부르기는 조심스러울 수도 있기는 해도요."

"그러면 여기서만 그렇게 부를게요."

"그렇게 하세요. 이름은 부르라고 지어진 건데요."

그렇다 이름은 부르라고 지어진 게지, 특별한 데 있겠는가. 그러나 외국은 몰라도 우리나라는 상하를 구분… 윗분과 아랫사람이라는 어쩌면 현실과는 맞지 않을 수도 있는 고리타분한 유교적 문화가 살아 있어서다. 그런 문화가 언젠가는 깨질 것이지만 잘못만이 아님을 생각해 볼 수 있다. 그러니까 질서를 지키자는 가족제도 말이다.

"그렇기는 해도 제 입장에 선 어려운 것만은 사실입니다."

전재순 학생은 여간 조심이다.

"'명순아'까지는 못해도 신명순 학생, 그러세요. 우리는 또 만나야 할 거잖아요."

또 만나야 할 거잖아요. 신명순 학생 폭탄 말은 결혼까지라는 의미의 말이다. 그러면 신명순 학생도 전재순 학생에게 반했다는 건가.

사실이면 축하할 일로 당장은 아니어도 결혼까지도 이어져 오순도순 살아라. 오순도순 산다고 말할 사람 누구도 없을 테니 말이다. 그래, 신명순 학생도 이쁘지만 전재순 학생도 멋지게도 생겼다. 선남선녀 말이다.

"오늘 명순 학생을 만난 건 아부 말 같지만 저는 행운입니다."

"행운이라고 했는데 무엇 때문이에요?"

"제 얘기를 말하기는 좀 그러나 생활 형편으로든 그동안 많이도 어려웠어요."

"얼마나 어려웠지는 천천히 말해도 되나 지금을 보면 대단하지요."

"대단이라니요. 그건 아니어요."

"아니라고 하지만 낮에는 일도 해야 해서지요."

"어디 저만 그런가요. 야간대 학생들마다는 다일 건데요."

"그건 그렇고 형제들은요?"

아니, 내가 무슨 말을 하는 거야. 선을 보려는 사람들처럼.

"형제는 둘뿐이어요. 그러니까 아버지는 어려서 돌아가시고 어머니는 재작년이고요."

"그러니까 어머님께서는 지금의 사실을 모르고 계신다는 거잖아요?"

앞으로의 삶이 전재순 학생과 함께라면 해서다.

"그렇지요. 어머님들을 다 그러시리라 싶기는 하나. 우리 어머니는 억척이셨다고 저는 생각해요."

"어머님 억척까지는요?"

"그러니까 우리 어머니는 두 아들만은 똑똑한 사람으로 키워내고야 말겠다는 생각으로 임하셨다는 거지요."

"존경합니다만 지금은 안 계셔서 아쉬움입니다."

안 계셔서 아쉬움이라는 말까지 나는 해버렸다. 아직 단순 만남뿐인데….

"아들로서 장가드는 모습도 못 보여드려 맘이 아닙니다."

"그러시겠지요. 그러면 형제 중 차례는요?"

"제가 동생이어요."

"동생이요?"

"그래서는 아니나 주간도 아닌 야간대학입니다."

"그런 얘기 그만하고 손 한번 줘요."

'그런 얘기 그만하고 손 한번 줘요.' 신명순 학생의 말은 무슨 의미의 말이겠는가. 얘기만 하다 내려갈 수는 없으니 입맞춤이라도 하자는 말이지 않겠는가.

전재순 학생도 그래 주길 바랐을 테지만 조금은 주저하다 곧 다가가 신명순 학생 입술에 본인 입술을 가져다 대고 어쩔 줄 몰라 한다. 전재순 학생과 신면순 학생 두 학생은 그러기를 한참이다.

시간은 얼마나 흘렀을까 선남선녀의 상황을 지켜보기는 오후 2시 방향의 저 태양과 산새들만 지켜볼 뿐 바람조차 조용하다.

그로부터 신명순 학생과 전재순 학생은 자주가 아니라 날마다 만나게 되고, 아직 결혼 전이라 몰래몰래 만다는 걸 알아차린 조양호 장로는 그러지 말고 아예 부부처럼 살아갈 수 있도록 괜찮은 아파트까지 선물이다. 물론 공짜가 아니라 돈 벌면 갚으라는 전세 형태이기는 해도 말이다.

"신명순 학생!"
조양호 장로 부름이다.
"예."
"그러니까 내가 밉지는 않아?"
"죄송해요."
"죄송은 무슨 죄송이여. 그건 아니고 신명순 학생 지금의 신분이야 학생이기는 해도 전재순 학생을 못 만날 이유 없잖아."

"그렇기는 해도요."

"그건 그렇고 지금의 집이 작지는 않지? 아직 학생이니까. 그래, 이런 말까지는 자존심일 수는 있겠지만."

"아니에요. 너무 커요."

"그러면 다행이나 큰 집은 돈 벌면 사."

"그럴게요. 그러나 이런 사실을 우리 부모님은 몰라요."

"그래? 말 안 했다고?"

"이렇게까지를 부모님이 아시기라도 하면 뭐라 하실지는 몰라도 일단은 그래요."

"그래, 그런데 나 신명순 학생 결혼식 주례를 한번 서도 될까?"

"제 결혼식 주례요?"

"그래."

"그러잖아도 시간이 될 때 말씀드리려 했어요."

"그래?"

"그러나 결혼은 학교 졸업하고서여요."

"그래야겠지. 그러면 졸업논문은 마친 상탠가?"

"예. 졸업논문 맞혔어요."

"야, 신명순 학생 대단하다. 매우 어려울 것 같은 졸업논문 척척 해낸 걸 보니."

"그건 아니에요. 졸업논문은 형식이라고 보시면 돼요."

"형식이란 말은 믿기가 어렵다."

"그러니까. 졸업논문 때문에 유급을 시킨 대학생은 없다는 거지요."

"그러면 모를까."

"졸업논문은 그래서 형식뿐이라는 거예요."

"그렇구먼. 나는 창피하게도 대학을 못 다녔거든."

"대학이 아니시기는 해도 저는 장로님을 제 인생 멘토로 할 겁니다."

"멘토가 뭐야. 듣기가 민망하잖아."

"아니에요. 그런데 전재순 학생과 의논해 보고 결혼식은 미루지 않을 생각입니다."

결혼식 미루지 않겠다는 말 조양호 장로님은 어떻게 들으셨을까 몰라도 사실을 아시고부터는 부부처럼 지내게 해주시기를 몇 개월이고. 그래서든 저는 임신까지예요.

"그러면 졸업을 전재순 학생도 같은 건가?"

"예 같아요."

"그렇구먼, 그건 그렇고 결혼식 주례에 대해 말한다면 나는 부동산중개업 종사자이기는 해도 초보는 아니여. 그게 내세울 건 못 되나 주례 세 차례나여."

"주례 경험이 없으셔도 저는 존경하는 분 주례라야 한다는 생각을 그동안 가지고 있었어요."

"존경이라는 말은 아부 말이다."

"아부 말이 아니어요. 그럴 수는 없어요."

그럴 수는 없어요. 말까지는 그냥이 해지는 말이 아니다. 서울대학에 붙기는 했으나 학비는커녕 누워 잘 곳도 없는 처지를 조 장로님은 단번에 해결해주신 분이기 때문이다.

여기서 엉뚱한 얘길 수는 있겠으나 고등학교 동창들 말처럼 운도 타고 난 서울대 학생이다. 그러나 서울이라는 곳이 어떤 곳인지 아직도 모른다. 모르기는 오로지 대학교와 기숙사 같은 거처만 오가기 때문이다.

그렇기는 해도 나는 앞으로 어떤 사람으로 살아가야 옳을지 조양호 장로님으로부터 배우게 된다. 그렇다고 인생이라는 철학적 의미 말까지는 아직 학생뿐이지만 성경에서 말하는 사마리아인을 구하듯 도울만한 곳이 있다면 돕고 사는 게 최선의 삶이지 않겠나. 그런 생각까지는 조양호 장로님이 보여주신 것이다.

그래서든 신명순 학생은 조양호 장로님으로부터 받게 된 고마움은 받는 걸로 그만일 수는 도저히 없다. 선한 맘이 아니다. 사람으로서 말이다. 조양호 장로님께서 베풀어주신 은혜 결코 갚을 것이나 아직은 학생이다.

큰돈을 기부자 이름도 밝히지 않고 기부했다는 보도를 보면서 고맙다는 인사말과 함께 보험 성격 기부도 생각해 보시라 말하고 싶다. 보험 성격의 기부는 한 사람을 살리는 효과만이 아니라 선함이라는 바이러스 효과도 낳을 수 있기 때문이다.

이런 문제에 있어 생각해 볼 수 있기는 우리가 살아가는 지금의 사회란 뭔가? 사회란 말할 필요도 없이 어울림 아닌가. 어울림이란 또 뭔가? 나눔이라면 나눔 없는 사회는 지옥이다. 그러니까 나만 잘살 겠다고 대들다가는 멸망이 기다리고 있을지도 모른다는 현실적 슬픈 얘기다.

그러니까 대한민국이 경제 대국 반열에까지나 배려의 사회적 아름다움은 세계적으로 꼴찌라는 보도는 반성해야 될 일이다.

"그건 그렇고 부모님과 통화는 자주 할까? 그러니까 늘 말이어."

"늘까지는 아니어도 자주 해요."

"그러면 지금의 사정도 말씀드렸을까?"

조양호 장로는 부모도 아니면서 너무 나간 물음인 건지 모르겠다는 표정이다.

"예, 말씀드렸어요."

"말씀드렸더니…?"

"그러니까 시간도 좀 내시라 했어요."

"그러면 어머니더러?"

"예."

그래, 나는 전재순 학생을 너무 뜨겁게 다룬 바람에는 아닐 것이나 내 몸에는 애기가 자라고 있다. 그러기에 결혼식이 무엇보다 급해 엄마를 부른 것이다.

"잘했다. 말씀까지는 안 하셨다 해도 부모님으로서 사실이 얼마나 궁금하시겠어. 안 그래?"

"그러시겠지요."

"야. 명순이 너 이렇게까지는 아니어도 성공하리라는 생각은 했다만 광주는 이런 고급아파트는 없어야. 물론 네가 말해 준 대로 선하신 분 덕이기는 해도."

신명순 학생 엄마는 감탄의 말까지다.

"엄마. 나를 도와주신 분 만날 볼 거지?"

"당연히 만나 인사도 드려야지 명순이 너만 보고 가겠냐? 말도 안 되게. 빈손이기는 하다만…."

"그런데 만나면 선하신 분이라고 말고 장로님이라고 해."

"장로님?"

"그래."

"그러면 이름은 누구고? 물론 이름까지 알아둘 필요까지는 없다만."

"이름은 조양호. 부인은 양명순."

"나이는 얼마나 됐고?"

"누구?"

"장로님 나이 말이야."

"생년월일까지는 모르겠고 오십 대 후반이야."

"그러면 부인도 그 정도 나이?"

"아니야. 장로님보다는 서너 살 아랜가 싶어. 원체 고와서인지는 몰라도."

원체 고와서인지는 몰라도라니… 딸 신명순은 잘못했다는 의미겠지만 엄마를 끌어 앉는다.

"엄마 앞에서 원체 곱다는 말까지는 서운하다."

"그게 아니야. 말 잘 못 한 거야."

"말 잘 못 해도 그렇지 이것아."

"그런데 엄마 나, 엄마한테 고백할 게 있어."

"뭐? 고백?"

"그러니까 이 방이 나 혼자만의 방이 아니야."

딸 신명순은 전재순 학생과 함께라는 흔적을 우선 감추기 위해 책까지도 치운 상태다. 그렇게까지 안 해도 사실 얘기를 해드리려, 현재의 집으로 오시라고 했는데도 말이다.

"명순이 네 방만 아니면 그러면 어떤 놈이랑이라는 거야?"

혼자만이 아니라는 태도는 짐작까지 필요 없이 남자와 함께라는 건 분명해서다.

"놈까지는 아니나. 학생이야."

"그러면 명순이 너, 대학 공부는 안 했다는 아냐?"

"아니야. 공부는 졸업논문도 썼고, 통과도 했어."

"그러면 몰라도…."

"몰라도 가 아니야. 딸 걱정은 안 해도 돼."

"걱정 안 해도 된다고?"

"그래."

"그렇지만 경고해 두겠는데 엄마 속일 생각일랑은 말기다. 알았어?"

"엄마를 속여. 말도 안 되게. 그런 거 없을 테니 축하해줄 준비나 해."

"축하해줄 생각이나 하라니 뚱딴지같이."

"아니야. 일단은 그렇게 알고 있어. 어떤 놈인지 보여줄게."

딸 신명순은 임신 중이라는 말까지 하려다 만다.

"보여주겠다니 불량배 같은 놈은 아닐 것이지만 명순이 너를 먹여 살릴만한 놈은 맞고?"

"맞는 게 아니라. 고려대 학생인데 현대건설 회사에 이력서도 냈는데 대학 졸업과 동시에 출근할 거래."

"고려대 학생이면·· 아니다. 그러면 명순이 너는?"

"나는 한양대학병원으로 갈 거야."

"그러니까 간호사로?"

"그렇지, 학과가 간호학과인데."

"명순이 네 말 다 믿어야겠다만 네 신랑감이 어떤 놈인지 궁금하다."

"그러니까 부르라고? 그런데 잘도 생겼다고 혹하지는 말어. 알았지?"

"야. 명순이 너 지금 말하는 게 그 녀석한테 푹 빠졌구나."

"푹 빠진 게 아니라 신랑감으로 결정해 버려서이지."

전재순 학생과의 만남이 여성으로서의 뜨거움만이었지 임신일 수도 있음을 망각한 게 아니게도 혼전임신까지다.

그러나 혼전임신이 윤리적으로 잘못이라고 해도 죽을 만큼의 죄는 아니지 않겠는가. 그러나 심적으로는 좀 부담이다. 그러나 전재순 학생이 어떻게 생긴 놈인지 엄마에게 보여드려야 한다. 그래서 멀리 가지 말고 전화통에 앉아 있으라고 일러는 두었더니 전화벨 두 번째에서 알았어, 하더니 십 분도 안 되게 곧 달려와 예비 장모에게 큰절이다.

"어머님, 저 용서해 주세요. 그리고 신명순 씨를 제게 허락해 주세요."

전재순은 예비 장모를 만나게 되면 무슨 말을 해야 할지 연습이라도 했음인지 당신 딸을 달라는 당당한 태도다. 그래, 전재순 학생 당당한 태도는 딸을 주어도 괜찮겠다는 믿음을 보주는 희망의 태도다.

"허락해 주라는 말은 너무 빠른 거 아니요? 어머님이라는 말도 그렇고."

"어머님, 말씀 낮추십시오. 아직 어린 나이입니다. 대학생이기는 해도요."

"그러면 나이는 몇 살?"

"예, 제 나이는 그러니까 신명순 씨보다 한 살 더 많아요."

"우리 명순이보다 한 살 더 많으면 이제 스물다섯이잖어. 벌써 장가가기는 말이여."

"그렇기는 해도 저 자신 있어요."

"그리고 부모 형제는 어떻게 되고?"

"엄마는 숨이나 쉬면서 물어. 대답 준비도 안 했을 텐데…"

딸 신명순은 그런 물음까지는 급하지 않다는 태도다.

"야, 명순이 너는 어디까지나 엄마 딸이야. 엄마 말이 무슨 말인지 알겠냐?"

"아니에요. 저는 오로지 형제뿐이어요. 죄송해요."

"형제가 많지 않다고 죄송해할 것까지는 없고, 아무튼 외롭겠다."

"그래서든 저는 신명순 씨가 절실히 필요해요. 그러니 결혼을 허락해 주세요. 저 자신 있어요."

"떼쓴다고 해서 결혼 허락할 수는 없으니 일단은 광주에 내려와. 물론 우리 명순이랑 같이."

"어머님 감사합니다. 감사합니다."

전재순 학생은 기대했던 결혼 허락이 퇴짜일까 봐 많이도 걱정했음인지 안도의 눈물까지 보인다.

"감사까지는 아직이야. 그리고·· 아니다. 다음에 말할게."

"말씀하세요."

"아니야. 우리 밖에 나갈까?"

신명순 엄마의 '우리 밖에 나갈까?' 말은 딸이 서울대학을 다니기는 해도 어떻게 다니는지 사정만이라도 보러 왔기에 서울 구경도 못

해서다.

"택시 오면 잡아."

신명순 학생 말이다.

"택시는 무슨 택시야. 아니야. 멀리까지는 필요 없어."

"좋은 장소 구경은 아니어도 롯데월드는 구경하셔야지요."

"택시비가 비쌀 텐데…."

"비싸면 걸어가?"

"그건 아니지만, 명순이 너, 남의 집 귀한 아들에게 야가 뭐야."

신명순 엄마는 택시를 타고 가면서다.

"그거야 알지. 그렇지만. 엄마 앞에서까지 예 할 수는 없잖어."

"어머님 저는 아무것도 없어요."

"없다는 말 말어. 듣기 안 좋으니."

"알겠습니다."

"아직도 멀었을까?"

신명순 엄마는 고맙다 말로 그만이면 될 걸 가지고. 어른이랍시고 구시렁거렸나 싶은지 바꾼 말을 한다.

"오늘까지 있었던 얘기는 제 딸애로부터 들었습니다. 그렇지만 이렇게까지는 명순이 어미로서 몸 둘 바를 모르겠습니다."

몸 둘 바를 모르겠다는 말까지는 비굴함이라는 걸 잘 알면서까지

하고 말았다. 그러니까 신명순 엄마는 딸 집에서 하루를 묵은 다음 날에서다.

"그건 아니에요. 따님은 대단한 따님입니다. 물론 이쁘기도 하고요."
남편인 조 장로와 같이한 자리에서 조 장로 아내 말이다.

"그렇기도 하지만 신명순 학생은 우리 집을 위해 와준 거라고 우리 부부는 그렇게 생각됩니다. 그렇기는 식구라고는 중학생인 딸뿐이거든요."
"아, 그러세요."
"물론 아들도 있기는 하나 공부하러 미국에 가 있어서요."
"그러시군요."
"그래요. 얘기를 더 하자면 돈 자랑은 바보짓으로 조심을 했겠지만 저는 어쩌다 보니 돈이 생기게 되어 지금의 집까지입니다. 그래서 하는 말이나 돈 있으면 어디다 쓸 거요. 그러니까 기부자들로부터 매 맞을 짓 말일지 몰라도 돈을 신명순 학생에게 쓰는 재미로도 살자는 게 우리 부부예요. 그렇게 보면 복을 누가 더 많이 받게 되는지 아시겠지요?"
"그러시다 해도 부담입니다."
"그래요. 부담일 수도 있을 겁니다. 그렇지만 따님의 삶은 이런 일로 인해 한층 더 성숙될 걸로 봅니다. 그러잖아도 따님 결혼식 주례도 제가 서주기로 했어요. 그리고 다음 얘기는 두 분이 하세요. 저는 이만 실례하겠습니다."

"지금 출근은 좀 이른 거 아니요?"

조양호 장로 아내 말이다.

"좀 이르기는 하나 약속한 일이 있어서요. 암튼 그리 알고 점심은 청송식당에서 할 거니 차는 놔두고 택시를 이용해요."

조양호 장로는 여자들끼리의 자리를 피해 주자는 말일 것이나 곧 나간다.

"장로님께서 결혼식 주례 얘기를 하시던데 제 딸애가 말했을까요?"

"아닐 거요. 그런 일에는 여간 좋아하는 성미랄까 암튼 그래서든 일부러 말했을 거요."

"일부러든 아니든 감사한 일이지요."

"그런데 전재순 학생을 보니 어머님은 어떠시던가요?"

"생김새도 그만하면 됐고. 그런데 명순이 어미로서 궁금한 건 둘이는 어떻게 만나게 됐는지입니다."

"따님이 말하던가요?"

"아니요. 묻는 말에 엉뚱한 말만 하는가 싶어 어미로서 좀 홀리는 느낌입니다."

"사실대로 말 안 했다면 당연히 궁금하시겠지요. 그래서 제가 본 데로 말씀을 드린다면 저는 남편의 보조역할로 살아가는 편이어요. 그래서든 점심을 따님과 같이하게 될 경우가 자주예요. 그러다 보니 식당 주인과도 친밀해져요. 때문이라고 할까. 따님이 서울대라는 말이 자연스럽게 나오게 된 거요. 그런데 표현은 좀 그러나 귀신 앞에 떡 얘기 말라듯 따님이 서울대 학생이라는 것을 전재순 학생이 듣게된 거요. 더한 얘기는 집에 가셔서 따님에게 들으십시오."

"그렇군요. 알겠습니다."

"저도 어머님에게 궁금한 게 있는데 여쭤봐도 괜찮을까요?"

"말씀하세요."

"다름이 아니라 우리 집과 가까이 살게 해도 될지요?"

"그게 무슨 말씀?"

우리 집과 가까이 살게 해도 될지요. 말은 두말할 필요 없이 감사할 일이지 않은가. 그런데도 말을 저리 어렵게도 할까? 신명순 엄마는 조 장로 아내를 한참 본다.

"그러니까 딸처럼 말이요."

"그러시면야 좋지요. 그런데 제 딸에게까지는 아직이지요?"

"당연히 아니지요. 그렇게는 몸으로 보여주어야지요."

신명순은 얼마잖아 대학병원 수간호사가 될 것이다. 그래서 불량 생각일지 몰라도 늙어지면 신명순을 써먹자는 의도의 말이다.

"지금 하신 말씀에 제가 이렇다 저렇다 말할 수는 없어도 어찌 싫다 하겠어요. 친정은 어차피 멀리 사는데요."

"그렇기는 해도요. 그래서 말인데 어머님도 느끼실 테지만 부모와 자식이란 조금이라도 떨어져서는 안 될 그런 관계가 아니요. 그래서 얘기인데 그게 잘못일 수는 없을 것이나 저는 아들딸 두 녀석만 두었어요.

그런 상황에서 오빠인 아들 녀석은 중학교를 마치자 곧바로 미국 유학을 가버렸어요. 물론 시간을 맞춘다는 이유이기는 해도요. 그래서 둘째인 딸애도 제 오빠 따라 미국으로 보낼 수밖에 없을 건데 그래서 훗날을 생각하면 슬퍼요."

"그래요?"

느닷없는 얘기나 그런 문제는 흘려들을 간단한 문제가 아니다. 이것이 현대라는 이유요. 가진 자들의 슬픔이기도 할 것이다. 어떻든 조양호 장로 아내 지금의 말을 신명순 엄마는 그런 생각으로 듣는지 숨소리조차 조용하다.

"따님의 생각은 어떨지 몰라도 일단은 그래요."

"그런 문제는 엄마로서 저도 한번 물어는 볼게요."

"아니요, 반대할 이유 없으시다면 그냥 두세요."

"왜요?"

"아무리 좋은 일이어도 누가 옆에서 끼어들기라도 하면 간섭으로 생각할지 모르니까요."

"재명아!"

"예, 고모 안녕하세요."

"안녕이야 당연하지. 그런데 너는 전화를 고모가 먼저 걸게 만드냐?"

"죄송해요. 인간사 바쁘다 보니 그런 거지 딴 데 있겠어요. 그런데 고모 왜요?"

"야, 너 너스레 떠는 소리 듣고자 전화 거는 거 아니야."

"너스레 떨다니요. 아니에요."

"인간사 어쩌고 저쩌고가 너스레 아니고 뭐냐?"

"아이고, 그렇고 강아지들도 챙기시랴 많이도 바쁘실 텐데 웬일로 전화까지요?"

"그런 말 말고 너 지금도 바쁘냐?"

"그렇지요. 소득은 없지만 바쁘다면 바쁘지요. 그런데 고모 집에 무슨 일이 생긴 거요?"

"무슨 일이 생겨야만 전화냐?"

"그건 아니지만, 암튼 담부턴 제가 먼저 드릴게요."

"믿어도 될까?"

"믿어도 돼요. 색시가 생기면이지만…."

"그러면 네 색시가 안 생기면 아닐 수도 있다는 거 아냐?"

"그건 아니요. 고모한테 조카며느리 하나 구해달라고 했던 참이기는 해요. 그러니까 기왕이면 토실토실한 것으로요."

"네 장가 얘기는 다음에 하고 시간은 낼 수 있겠냐?"

"시간은 언제요?"

"그러니까. 낼 저녁에."

"예 알겠습니다. 고모."

"기다릴 테니 꼭 와라. 전화 끊는다."

고모의 그런 전화는 친정 조카가 장가는커녕 여자 친구도 없는 총각인 상황에서 동생인 전재순이가 서울대학교에 다닌다는 여성에게 몸을 빼앗긴 게 아니게도 임신까지라 쩔쩔맨다는 전화를 받고서다.

"형, 형 보기도 미안하게 내가 실수까지 해버렸어."

"실수라니? 그게 무슨 소리야. 뚱딴지같이."

"그런 얘기 고모가 말 안 했어?"

"그런 얘기기가 무슨 얘기라고 고모가 하냐. 재순이 네가 직접 해라."

재순이로부터 들은 얘기를 할까는 했다. 그러나 고모인 나보다는 당사자인 동생이 직접 하는 게 낫겠다 싶어 그만둔 것이다.

"형에게는 미안한데…."

"미안은 무슨 미안이야. 미안해할 거 없어."

얘기 진행 상황을 지켜보고만 있던 고모 말씀이다.

"그러니까 …(중략)… 이렇게 된 거여. 그렇다고 나는 몰라라 도망갈 수도 없잖어."

"그런 문제라면 그렇겠지."

"그래서 형한테는 얘기 못 하고 고모한테 말한 거여."

"이런 일 결국은 남들도 알게 될 텐데 야단은 야단이다."

또 고모 말이다. 그러나 형 전재명은 느닷없는 말을 듣게 돼 무슨 말을 해야 할지 몰라 눈만 까막거린다. 그래, 아니게도 사고를 쳐버린 동생 위로할 방법은 당장 없다. 아버지 어머니 두 분도 돌아가시고 안 계시기 때문이다. 그러니까 전날에는 느끼지 못했던 난처함 말이다.

"그런데 데리고 오지 혼자 왔어. 이쁜지나 보게."

고모 말씀이다.

"데리고까지는 어려워요."

"그러면 몰래 온 거야?"

"몰래는 무슨 몰래요. 그건 아니고 같이 가자고 말할 수도 없는 사정이라 그냥 혼자 온 거지요. 그런 줄로만 아세요."

"고모가 너무 캐묻는 것 같다만 한 가지 묻자."

"뭔데요?"

"아가씨는 괜찮은 아가씨냐?"

"괜찮은 거냐는 무엇을 말하는 건데요?"

"그러니까 재순이 네 색싯감으로는 쓸만하더냐는 거야."

"아까 말했잖아요. 서울대 학생이라고."

"고모가 그걸 묻는 게 아니야. 형제 우애도 잘하게 생겼더냐는 거야."

"그거야 살아봐야지요."

"하기야 여자는 남자가 돈을 팍팍 벌어다 주면 될 일이기는 해도."

"그런 일에 내가 누구요."

"누구는 누구야. 전씨 집안 둘째 아들이지, 물론 일류 대학인 고려대까지 나온 수재이기는 해도."

"그러면 고모는 조카 자랑도 하세요?"

"그러면 입 다무냐?"

"감사해요. 나 잘되면 밥 살게요."

"밥 살 거면 그때가 언제데?"

"그거야, 돈을 벌면이지요, 그건 그렇고, 우리 집안엔 어른이라고는 고모가 밖에 없잖아요. 그러기에 실수한 사정 얘기를 고모한테 하는 거였어요. 반가운 얘기가 못 돼 죄송해도요."

"이해는 하겠다만 그런 얘기로 이 고모를 슬프게 하냐."

당시 사실을 말해도 너희들은 무슨 말인지 모르겠지만 우리는 다섯 남매 중 두 아들들은 월남에서 영영 돌아오지 못했고 언니는 애기 놓다가 심장마비로 결국은 죽고 말아서다.

"고모를 슬프게는 아닌데 그러신다. 암튼 현대건설에 입사가 됐으니 그런 점으로 위로를 해드립니다."

"알았다. 그러면 재순이 네 색싯감은?"

"그러니까 취직이요?"

"그래, 취직."

"거기는 서울대이지만 간호학과를 나왔기에 전공인 한양대학병원으로 간답니다."

"그렇구면, 고모가 말도 안 되게 꼬치꼬치 묻는 건 잘못일지 몰라도 재순이 네 색싯감도 너를 좋아하는 하냐?"

"그거야, 좋아하니까 임신까지이지요."

"임신을 어디 좋아만 해서냐."

"그렇기는 하겠지요. 그런데 어쩌면 고모보다 더 똑똑하다고 보면 돼요."

"그런 말은 고모에게 칭찬이야 뭐야?"

"그거야 당연히 우리 고모죠."

"고맙다만 재순이 너는 담양에서는 국회의원감이야. 고모가 무슨 말을 하고 있는지 알겠냐?"

"국회의원감이요? 그건 말도 안 돼요. 그런 말 남들 앞에서는 하지 마세요."

"내 조카 칭찬 말인데도?"

"그래도요."

"사실을 말하는 건데 너는 그런다."

"아무튼 어쩌다 보니 그렇게 됐어요."

"어쩌다 보니라니 그건 말도 안 된다. 아무렇게 자란 시골 아가씨도 아닌 대단한 서울대 학생인데."

"그래서 소개로 만난다면 나 같은 놈은 쳐다도 안 볼 거요."

"그렇지만 미우면 안 되잖아 이뻐야지."

"사진이 없어서 그런데 얼마나 이쁜데요."

내가 지금 무슨 말을 하는 거야. '얼마나 이쁜데'라니… 장가는커녕 총각 신세도 못 면한 형 앞에서 미안치도 않게.

"그러면 그렇게 된 사실을 아가씨 집에서는 알고 있을까?"

이번엔 형 재명이 말이다.

"알고 있어. 저번 날 예비 장모가 왔었어."

"그런데 형인 네 (재명) 입장은 어떠냐?"

고모 물음이다.

"뭘…?"

"물론 지금의 얘기가 느닷없기는 하다만 무슨 방법이라도 찾아야할 게 아니냐. 그래서 묻는 거야."

"이미 벌어진 일이니 출산 전에 결혼해버려라. 장가 못 간, 이 형 미안해하지도 말고."

"그렇게 해라. 네 형이 동의한 일이기도 하니."

조카들과의 관계는 막내 고모다. 오빠들도 계셨으나 모두 다 돌아가셨기에 나 혼자뿐이다. 그래서라고 말하기는 아닐지 몰라도 조카들이 좋다. 그러니까 결코 나쁠 수가 없는 고민도 할 곧 피붙이 말이다.

우리는 피붙이라는 말을 하게 된다. 피붙이란 뭔가? 설명까지 필요할지 몰라도 의지 상대가 아닌가. 그렇게 보면 피붙이는 곧 고향인 것이다. 그래서든 피붙이끼리 모여 사는 것이 곧 민족이다. 군의 자손 말이다.

"다른 말 그만하고 명순이한테 가본 소감이나 말해."

남편 신창만은 저녁상 앞에서

"여보, 우리도 서울로 가서 삽시다."

"뭐? 서울로 가자고?"

"명순이 요것이 엄마 아빠도 미안치 않은지 빛나라 아파트에서 살고 있더라고요. 그래서 하는 말이요."

"그러니까 명순이 집이 빛나라 아파트라고?"

"아파트 이름이 빛나라가 아니라 너무도 좋더라는 거요."

서울 다녀온 신명순 엄마는 기분이 나빠서가 아니라 사실임을 남편에게라도 자랑하고 싶어서다.

"우리 명순이는 그런 집에서 살아도 돼. 이런 말 남 앞에서는 할 수 없어도 우리 명순이는 얼마나 똑똑한 앤데. 안 그래!"

"그렇기는 해도요."

"그런데 명순이는 무슨 돈으로 그런 아파트까지일까? 그러니까 명순이 지 말대로 수학을 잘하는 재주를 써먹은 걸까?"

"그게 아니고. 돈 많은 부동산중개업자를 만난 거요."

"그래? 그러면 꽁짜로?"

"꽁짜요? 세상에 꽁짜 아파트도 있어요? 말도 안 되게."

"그거야 그렇기는 하지."

"그러니까 돈 벌어 집을 살 때까지 살라고 빌려준 아파트에요."

"그러면 보증금은?"

"보증금도 없나 봐요. 말을 들으면."

"그러면 지금 말이 서울 사람들도 괜찮다는 거 아녀."

남편 신창만은 아내를 보면서다.

"괜찮은 사람이 아니라 그분은 우리 명순이를 위해 살아줄 것 같은 그런 사람인 거지요."

"아니, 우리 명순이를 위해 살아줄 것 같은 사람이라니?"

명순이 네 엄마 그런 말 믿기까지는 아닌 것 같다만. 우리 명순이 똑똑한 애야. 그래서 명순이 너는 잘될 줄 알았다. 앞으로 높은 빌딩도 가져라. 아빠 신창만은 그런 맘인지 젓가락질이 어느 때보다 넉넉하다.

"그렇기는 해도 신 과장님 도장이 필요해요."

"무슨 소리야. 내 도장이 필요하다니?"

"도장도 막도장이 아니라 인감도장요."

"인감도장이라니 무슨 소리야. 아무나가 아닐 수도 있는 한양을 다녀오시더니 혹 얼이 빠져나간 게 아니어?"

"얼이 빠진 게 아니라 사실이에요. 그래서 곧 내려오라고 했어요."

"지금 누굴 두고 하는 말이어?"

"누구는 누구요, 신 과장 사윗감이지요."

"아니, 사윗감이라니?"

"그래요, 사윗감이요. 그런데 조심해야 할 건 너무 좋아는 말기요."

"너무 좋아는 말기라니‥ 무슨 말인지 내 머리로는 도통 모르겠다."

"일단은 그렇게 알고만 있어요. 그리고 턱도 좀 깔끔하게 밀고요."

"그러면 임자는…?"

"나야, 서울에서 보여주었으니까 상관없으나 장인감은 못 봤잖아요."

"뭐? 장인감? 말조심해."

"장인감이란 말은 취소하겠으나 일단은 그런 줄 알아요."

"알았어, 딸 하나 짝지어주기 이리도 복잡하냐."

남편 신창만은 혼잣말처럼 하고 곧 일어난다.

다음날이다.

"할머니 인사드리겠습니다."

손녀 신랑감인 전재순은 방에 들어서자마자 곧 큰절을 올린다. 그러나 큰절을 받으시는 할머니는 달갑지 않다는 표정이시다. 할머니의 달갑지 않은 표정은 세상이 아무리 바뀌었다 해도 집안 어른을 무시까지는 아니라는 이유다. 그러니까 가정 질서 말이다.

"아버님께도 인사 올리겠습니다."

전재순은 역시 할머니께 인사드리듯 큰절이다.

"그러면 나이는 몇 살일까?"

할머니 말씀이다.

"제 나이요?"

"그래."

"예, 제 나이는 스물다섯 살이어요."

"스물다섯이라고?"

"예, 할머니."

"그래? 이쁘기는 하다만‥ 내 얘기는 끝났으니 이젠 신 과장이 물어봐."

할머니는 이젠 신 과장이 물어봐. 그렇게만 하시고 손녀딸을 슬쩍 보시더니 자리에서 일어나신다.

"전 군, 얘기는 조금은 들어 알고 있으나 형제는 몇 명일까?"

예비 장인 신창만 씨 물음이다.

"예, 저는 형제뿐이어요."

"형제뿐이라는 말은 부모님도 안 계신다는 건가?"

"아버지 어머니 두 분 다 돌아가셔서 안 계세요."

"아버지 어머니 두 분 다 돌아가셨다면 외롭기도 하겠다. 아무튼 그러면 형제 중 누가 형이고?"

"제가 동생이어요."

"동생이라고?"

"예."

"그러면 전군과 형 나이 터울은?"

"나이 터울은, 두 살 터울이어요."

"두 살 터울? 두 살 터울이어도 장가는 들었을까?"

138

"아니어요."

"그것도 아니면, 동생이 먼저 장가들기는 문제가 있잖어. 물론 전날 시대가 아니기는 해도 말이어."

"죄송해요."

"죄송까지는 아니고 우리 명순이를 주면 잘살 수는 있을까?"

"아버님, 저 잘살 자신 있어요. 명순 씨도 믿어주어요."

누구 말이라고 아니겠는가마는 전재순은 예비장인 말씀에 읍소다. 물론 무릎을 꿇은 채. 그래서든 현대인들아! 내 말 좀 들어라! 이래도 되고 저래도 되는 가정 질서가 무너지는 행동들만은 삼가라!

"그래? 그러면 명순이게 묻는다. 전 군 지금의 말 진짜냐?"

"아빠. 그런 말까지는 묻지 마세요."

"그런 말까지는 묻지 말라니, 명순이 너는 아빠가 키운 딸이야. 이것아!"

"아무튼 저는 아버님 걱정 안 되시게 잘살 수 있어요. 허락만 해주세요."

전재순은 신명순 아버지로부터 결혼 허락을 받아내야만 해서다.

"허락한다는 말까지는 안 해도 될 거니 앞으로 잘살기나 해. 알았어!"

"아버님 감사합니다. 아버님 감사합니다."

전재순은 결혼만은 아니라고 할까 봐 걱정했던 일이 해결됐음인지 연거푸 감사다. 그래, 앞으로 잘살기나 해 알았어! 예비 장인 말씀을 얻어내기 위해 나는 그동안 얼마나 많은 고민도 했는가. 집안 형편도 그렇지만 형제뿐인 상황에서 장가를 동생이 먼저 가게 돼서다. 신명순. 나 이제 살았어. 전재순은 그런 생각인지 울기까지다.

"울기는 왜 울어. 그리고, 식은 곧 있을 줄 알아!"
임신까지라는 얘기를 들으면 당장이어야 하겠으나 결혼식을 도둑처럼 아무도 모르게는 할 수는 없어서다.

그래서든 신명순과 전재순 결혼식이 명동 웨딩홀에서 있게 된다.

"자, 오늘은 신랑 전재순 군과 신부 신명순 양이 오늘을 위해 장장 이십여 년을 키워온 결과물을 거두는… 그러니까 인생에서 처음이자 마지막 모습을 하객 여러분과 사회자인 저에게 보여줄 시간이 다가왔습니다. 그리고 이 결혼식에 주례를 서주실 선생님은 누구도 아닌 신부 신명순 양 친부모님처럼이신 조양호 장로님이십니다. 장로님 단 위에 오르십시오."

신랑 전재순 동창인 기만호는 오늘을 위해 준비 연습을 열심히 했음인지 매끄럽지는 않으나 학생답게는 한다.

예, 사회자는 저에 대해 민망할 정도로 과분한 소개를 했는데 거기까지는 아니고 이 자리에 선 신부와는 가까운 친척처럼은 지내는 중입니다. 아무튼 하객 여러분들을 뵈니 반갑습니다.

그러면 결혼식 순서대로 먼저 신랑에게 묻습니다. 신랑 전재순 군은 신부 신명순 양을 아낌없이 사랑할 수 있겠습니까? 예. 알겠습니다.

이번엔 신부에게 묻습니다. 신랑 전재순 군을 더 할 수 없을 만큼 사랑할 수 있겠습니까? 네. 알겠습니다.

그러면 이제 신랑 전재순과 신부 신명순 양의 결혼식이 웬만하게 이루어졌음을 하나님 앞과 하객분들 앞에 공포합니다!

그렇습니다. 결혼은 누가 뭐래도 자신을 위함입니다. 그러나 상대를 위함이 없는 결혼은 아니함만 못하다고 저는 감히 말합니다. 그것은 삶에서 가장 중요하달 수 있는 오순도순이 빠지기 때문입니다. 그러니까 결혼은 곧 운명이라는 것입니다. 신랑 신부는 이 점만 기억하고 살아가길 주례자로서 부탁입니다.

그리고 저는 교회 장로이기에 하나님께 기도 한번 하겠습니다.

하나님 아버지, 저는 오늘 신랑 전재순 군과 신부 신명순 양 결혼식 주례자로 서게 되었고, 원만한 결혼이었음에 공포까지였습니다. 이런 일에 저도 사용해주심에 감사합니다. 그래서 더 바라기는 결혼 당사자들 앞길이 선한 길로만 인도해주소서 예수님 이름으로 기도합니다. 아멘.

자, 이젠 오늘이기까지 키워주신 부모님께 인사를 올리는 차례이니 먼저 신부 부모님께 인삽니다. (신랑 전재순은 고마움의 눈물까지다.)

예, 이번엔 신랑 부모님께 드릴 차례나 부모님이 안 계신다니 고모님께 대신 인삽니다. (총각이지만 허전하다는 이유로 신랑 형님도 함께다.)

애, 잘하셨는데 신랑 신부가 앞으로 나아가면 하객 여러분은 기립박수입니다.

전재순 학생과 신명순 학생은 급기야 결혼까지 성사가 되어 전기선이라는 아들까지 두게 된다.

"학원 갈 시간이 다 돼가는데 밥부터 먹어야지?"
엄마 신명순 말이다.
"당연히 먹어야지."
"바쁘다는 핑계이기는 하나 준비한 반찬은 없고 어제 먹다 남은 김치찌개 있는데 그거라도 데펴 주면 먹을래?"

"어제 먹던 김치찌갠데? 변하지는 않았을까?"

"그래, 한번 보고."

"웬만하면 버리고 가게 다녀와."

남편 전재순 씨 말이다.

"어제 먹던 것이면 괜찮을 거요. 그냥 먹을래요."

"그냥이 아닌 것 같은데 괜찮을까 모르겠네."

아빠 전재순 씨는 걱정스럽다는 말씀이다.

"그렇기는 해도 먹어도 될지 일단은 한번 보고."

"주부들은 냉장고를 너무 신뢰하는 것 같아서 하는 말이어."

"다른 사람은 몰라도 나는 아니어요."

"냉장고 말이 나와서 나 당신한테 잔소리 한 번 할게."

"잔소리 한번? 한번이 아닌 것 같은데요."

"여러 말 할 거 없고 냉장고에 대해 인터넷에 들어가 볼게, 날달걀은 3~5주, 삶은 달걀은 1주… 냉장고 속 온도가 섭씨 4도나 그 이하일 경우 보관 기간은 식품의 종류에 따라 달라진다. 채소는 약간 마르거나 시들기 시작했더라도 먹을 수 있다. 살짝 데치거나 국물 요리를 만들 때 사용하면 된다. 곰팡이가 핀 음식은 즉시 버려야 한다.

단 치즈 같은 것은 한 조각 잘라내고 먹으면 그다지 역겹지 않다. 하지만 고기는 바로 버려야 한다.

빵이나 잼, 요구르트, 견과류, 반 조리 식품 남은 것 등도 곰팡이가 피어있다면 되도록 버리는 게 좋다. 너무 오래 냉동시켜 퍼석해진 고기는 그 부분만 잘라내고 요리하면 된다. 바싹 마른 아이스크림은 긁어내고 먹으면 맛은 변함없다.

그리고 생선의 경우 음식점에서 먹다 남겨 싸온 생선요리는 3~4일 냉장고에 둘 수 있지만 먹기 전에 반드시 뜨거운 열에 데워야 한다.

생선은 언제 샀는지 기억이 안 나면 맛이 갔다는 증거다. 신선한 생선을 먹으려면 냉장고에는 하루 이틀만 둬야 한다.

날달걀은 냉장고에 넣어두면 구입한 뒤 5주일간은 먹을 수 있다. 우유는 시큼한 맛이 나면 맛이 간 것이다. 반면 요구르트는 유통기한이 지나도 며칠은 먹을 수 있다.

고기 맛도 유통기한에 달려있다. 고기는 모양이나 냄새, 맛이 괜찮다고 해도 위험할 수 있다. 스테이크나 붉은 육류는 포장지에 쓰인 날짜보다 4일 이상 지나면 먹지 않는 게 좋다. 냉동육은 좀 더 오래 갈 수 있으나 절대로 해동시켰다가 다시 냉동시켜서는 안 된다. 냉장고 사용에 대해 그렇게 설명이 되어 있는데 너무 복잡하다. 그러니 소금에 절여 아무 데나 두어도 되는 된장 같은 것을 몰라도 냉동 음식은 15일, 내장 음식은 2일 이렇게 해야겠다. 이렇게 되어 있네.

그렇다. 냉장고는 버리기가 아까운 음식을 임시로 보관하는 가전제품이다. 그런 냉장고임을 주부들은 잘 알 것이지만 어찌 된 셈인지 그렇지 않아서다. 물론 도시일 경우이기는 하나 오늘날의 시장은 멀어봐야 500미터 이내에 있다. 시장에는 싱싱한 것들이 지천이다. 그렇게 있을뿐더러 아침부터 저녁 늦게까지도 구입이 가능해서다.

그러함에도 냉장고가 무슨 웬수나 되는 양 숨도 못 쉬게 꽉꽉 채워 놓고, 유통기한이 한참 지났음에도 그대로 두는 것 같다. 뱃속에서 일어나는 병은 음식 잘 못 먹음에서 있어진다지 않은가. 그래서 말이지만 냉장고가 필요 없을 정도로 하자는 주장이다.

"냉장고 사용법 때문에 다투시면 안 되는데요."

아들 전기선 말이다.

"다투는 게 아니야."

엄마 신명순 말이다.

"아무튼 시간이 없어, 아무거나 줘 엄마."

"아까워 냉장고 넣어 두기는 했어도 살펴보니 변하지는 않았다. 전자레인지에 데펴 줄게."

"알았어."

"달랑 하나뿐인 아들인데 항상 새 반찬은 아니어도 먹을 만하게는 해주어야 하는 건데 엄마가 엉터리다."

"엄마는 그럴 시간도 없잖아. 그런 걱정은 안 해도 돼. 잘 먹고, 소화도 잘 시킬게."

"잘 먹고, 소화도 잘한다고? 그거야 뱃속이 알아서 소화를 시키는 거지 내 맘대로 되냐."

"그렇기는 해도."

"아이고, 세상에 내 아들 같은 녀석이 있을지 모르겠다."

"세상에 내 아들 같은 녀석은 없을 거라고?"

"그런 말 나쁘지는 않지?"

"나쁘지는 않아도 우리 엄마는 진짜 별나다."

"야 별나도 좋은 쪽이면 괜찮아. 우리 아들 최고다. 잔소리 많은 남편들 말고는…."

"여보!"

남편 전재순의 꾸지람이다.

"우리 엄마는 그 정도 가지고 감동을 다 하시다니… 엄마 아들 행복 두 배다!"

"기선이 너, 엄마한테 비꼬는 말 아니렸다?"

"그게 무슨 소리야. 내가 듣기에도 불편하다."

남편 전재순 말이다.

"아빠, 왜 그래…?"

"엄마가 말 한 번 잘못해 가지고 기선이 밥 못 먹겠다. 물 떠다 줄까?"

물 떠다 줄까는 엄마가 말조심할걸 미안하다는 뜻이다.

말은 은이고, 침묵은 금이라는 말은 영원불변으로 두고두고 쓰일 말일 것이다. 말실수로 상대와의 관계가 멀어지는 경우가 얼마든지 있다.

그렇지만 곧바로 사과하고 본래 좋았을 때로 되돌아가려는 태도는 칭찬받을만한 일이다. 입조심 하라는 말은 늘 강조해도 괜찮을 같은데 그렇지 못하다는데 문제라면 문제다. 우리는 인의예지仁義禮智라는 말을 모르는 사람 없을 것이다. 그래서 인의예지를 설명하자면 인의예지는 인간이라면 누구든지 지켜야 할 윤리적 문장이다.

그런 윤리적 문장은 죄罪란 무엇인가를 설명하기 위해 만들어진 것으로 인仁은 서로 좋은 관계를 맺으라는 거고, 의義는 옳다고 여길 일이면 보고만 있지 말라는 거고, 예禮는 지위가 높다 해서 으스대지 말라는 건데 그중에 지智는 항상 말조심하라는 의미의 글자이니 참고로 하면 한다.

"엄마!"
"왜?"
"아니, 아들을 위해 투자를 좀 해줄 수 있을까?"
투자 말은 말실수로 절절매는 엄마의 맘을 풀어 드리기 위해서다.
"아들을 위해 투자? 그게 뭔데?"
엄마 신명순은 좀 놀라는 표정이다.
"투자랄 것도 없는데 친구들 데리고 오는 거 말이야."
"그래? 너 좋은 생각이다. 그러면 언제?"
"당장은 아니고, 기회가 주어지면이야."

"아니, 기회가 주어지면이라고…? 그래, 엄마가 거기까지 생각을 못 했는데 당연하지."

"그러니까 여자 친구도?"

모자간 얘기 듣고만 있던 남편 전재순 씨도 한마디 거든다. 그래, 아빠들은 엄마와 달리 아들이 이만큼 컸으니 며느릿감이 보일 것은 당연하지 않겠는가.

"그렇지요. 솔직히 말해 예쁜 여학생이 보여요. 그러니까 사촌 동생들이지만 형수로서 가져야 할 능력 여자 말이요."

그것은 아들이 많을 경우는 덜 하겠지만 아들이라고는 달랑 하나뿐인 전기선처럼이면 빼앗긴다는 심리 때문이다.

"그렇다 해도 건전을 담보라니는 말은 아닌 것 같다."

남편 전재순은 아내 지금의 말을 인정 못 할 이유는 없겠으나 아닌 것 같다는 말로 응수한다. 그러니까 아들 앞에서의 아버지라는 자존심 말이다. 이런 문제에서 아내들에게 말하고 싶기는 남자의 기를 살려주라는 것이다. 특히 아이들 앞에서 말이다.

"엄마 맘 테스트해 본 말씀이지 진짜 말씀이겠어. 아빠 안 그래요?"

"한 번 해본 말이 아닐 수도 있어."

"아니야, 사귀는 여자 친구는 없어. 그러니 신경 안 써도 돼 엄마."

"네가 지금 몇 살인데 여자 친구가 없어!"

아빠 전재순 씨 말씀이다.

오늘날은 돈을 위해서는 목숨까지도 거는 경쟁이라고 해도 무리는 아닐 듯하다. 그래서 고3생이면 학원으로 달려가는 것은 당연하다 할 것이다. 그렇게는 부모 성화에 못 이겨 학원에 가기도 하는 것 같다.

그래, 학업 성적이 장래를 가름하는 기준점이기도 할 것이다. 그러기에 학원으로 달려갈 거고, 학원 문이 열 것이다. 그렇지만 학원생들 표정을 보면 밝은 표정을 찾아보기는 불가능할 정도다. 상당수는 그런 손주들이 없겠지만 안타깝다.

세끼 밥 먹기도 어려웠던 전날에서는 고교가 최고학부로 여기기도 했다. 그래서 졸업하자마자 산업전선에 뛰어들 생각들이었다. 밥 먹고 살만한 시대에서야 대학을 나오지 않으면 막노동 같은 일자리 얻기도 쉽지 않을 정도이지만 그렇다.

대학도 다니지 못한 주제에 3D 직장도 감지덕지해야지, 하대 말 들을 수도 있고, 지방 대학은 고교수준으로 평가절하해서 명문대는 아니어도 최소한 서울의 대학을 나와야 한다는 생각으로 학원으로 달려갈 것이 아닌가.

농경시대에서 고등학생이었다면 고교 친구들과 삼삼오오 모여 지지고 볶고, 그래서 나이가 들어 추억이 되고 그럴 것이지만 학교가 없는 촌노라는데 고교 모자를 쓰고 내 앞에 섰던 친구들을 그려본다.

그러니까 대학 수능시험을 앞둔 부모들의 긴장감을 풀어주는 방법은 없을까. 학교 성적에서 벗어난 자식을 둔 입장이기는 하나 경쟁

사회에 내몰린 학생들을 보면 안타깝다는 생각을 지울 수 없다. 어쨌든 공부를 잘하는 학생들도 학원일 것이지만 걱정스러운 맘이다. 공평을 기하려면 어쩔 수 없겠지만 학교 상황은 등수 매기는 학교라는 말도 듣게 된다.

그래서는 안 되겠지만 그렇다고 해서 다른 좋은 방법이 있겠는가. 그래서 공교육을 주장하는 거룩한 언어들도 있다. 그렇기는 하나 그런 언어들은 한번 해보는 말들이다. 교육 현실 상황이 이렇다 보니 참 인간의 모습들은 없고 오로지 경쟁만이다. 그렇기는 하다. 맞닥뜨린 현실사회를 무시할 수는 없을 것이기에 하는 말이다.

오늘날에서는 인공지능이 바둑천재라는 사람을 이기려고까지다. 물론 인공지능이 있기까지는 사람이지만. 현대사회는 살아 있는 악어惡語의 눈이다. 한눈팔았다가는 언제 악어에게 잡혀 먹힐지 모르기 때문에 나온 말일 테지만 악어에게 잡혀 먹히지 않으려면 그만한 재주를 부려야 할 게 아닌가.

꼭 그래서만은 아닐 것이나 전기선 학생 부모는 자식의 학교 성적이 어느 만큼인지 짐작으로 알고 있을 것이기에 그 심각성의 눈치는 방안을 가득 채운다. 어디 전기선 부모만이겠는가. 고3생 당사자인 전기선은 더 하겠지. 그런 이유로든 부모와 자식이 이래서는 안 되는 줄 알면서도 아버지도 어머니도 직장으로 출근 준비에 바쁘다는 이유로 자식과의 일상적인 대화도 거의 없다고 봐야겠다. 그러는 부모의 맘도 모른 채 고3생인 전기선은 학원 갈 준비에 바쁘다.

"여보, 당신 다음 주에 휴가 낼 수 있을까?"

남편 전재순 말이다.

"중요한 일이면 휴가를 낼 수도 있지만, 그런데 왜요?"

"아니, 우리가 직장생활만 하느라 외출 한 번도 못 해서….'"

"그래요? 나쁘지는 않지만…?"

"생각해 보면 우리가 너무 바쁘게만 사는 건지 모르겠네."

"우리처럼 바쁘게 살지 않은 사람도 있을까요?"

"바쁘게 사는 것도 희망적이냐에 따라 다르지 않겠어."

"그러니까 가정의 행복?"

"그렇지."

"당신 행복이라는 말 듣고 보니 기선이가 미안해지네."

"기선이 혼자라서?"

"소용없는 후회지만 애기 더 낳으라는 말도 좀 하지 그랬어요."

"말했으면 더 낳았을까?"

남편 전재순 말이다.

"그런 말은 멘스조차 끊긴 상황에서 하나 마나 한 얘기지요."

"남편으로서 애기를 더 낳으라고 아내에게 말할 사람도 있을까?"

"지금 말이 기선이 하나만 두었다고 원망하는 거요?"

"원망은 무슨 원망. 그건 아니어."

살 비비고 살아가는 부부로서 말 못 할 이유는 없겠으나 아들이든 딸이든 셋 이상은 두어야 한다. 때문이라고 말해도 될지 몰라도 아이가 많은 집이 좋게만 보여서다. 직장이라는 이유이기는 해도 아들 하나만으로 그만이라 속상해서다.

"자기는 회사 일로 나는 간호사 일로 그렇게 보면 우리는 어울리지 않은 직업이네."

"어울리지 않은 직업이라고?"

"그렇잖아요."

"부부로서 어울리는 직업을 가지고 살아가는 사람도 있을까 모르겠네. 개인적으로 말이어."

"개인적으로요?"

"개인적으로 있다면 뭘까?"

"개인적으로요?"

"우리가 직업을 가지고 어울리니 어쩌니 말까지는 엉터리다."

남편 전재순과 아내 신명순은 무의도 모랫길을 걷는다.

"여보!"

남편 전재순은 손을 잡아달라는 태도다.

"손 달라고?"

"아니, 싫어?"

"싫지는 않지만 좀 어색하다. 이젠 청춘남녀도 아니고…"

남편의 손이 연애할 때처럼 부드럽지는 않으나 지금으로서는 나를 다 주고 싶은 손이다.

"괜찮아?"

"뭐가?"

"아니, 이렇게 붙잡은 손 말이어."

"다 지난 얘기지만 나는 청송식당에서 일했던 입장이었고, 당신은 손님이었지. 손님이기는 했어도 그때 당신은 서울대 학생이라는데 너무 높은 존재라는 생각 때문에 말 붙이기가 너무도 조심스러웠어."

"그래? 나는 멋진 사람이다. 그러기는 했지."

"말 잘 못 했다가는 고려대 출신이 서울대 학생 앞에서 감히… 그럴까 봐. 그랬지만 당신은 그때 너무도 예뻤어."

"그러면 지금은 아니라는 건가?

"아니야, 지금도 예뻐."

"아닌 것 같은데 그땐 서울대 학생이라 좋게 보이지 않았어."

"솔직히 그런 점도 있지."

"쪽지를 신발 속에 넣어 두기까지는 일손도 제대로 안 잡혔겠다."

"뭐 더 시키실 것 없으세요? 말한 내 맘 모르지?"

"무슨 맘이었는데?"

"말을 해야만 알까?"

"나를 더 보고 싶어서? 그랬었구먼. 난 무슨 말을 했는지 기억도 없어."

"그 아저씨 얘기를 조금만 하자면 과외선생 자리를 구할 목적으로 부동산중개업소에 들어갔는데 방을 얻을 거냐고 물어, 사정 얘기를 했지."

"그랬더니?"

"아니, 귀를 다 열어 놓은 건가?"

"귀를 다 열어 놓다니… 무슨 얘기라고 건성으로 들어."

"과외선생 자리 말을 하고 있는데 어떤 아줌마가 들어오시더니 새로 들어온 청년이 있는데 월세방 구하러 왔다고 하더라고. 그래서 부동산중개업자이기도 하지만 아는 아줌마인지 잠깐 갔다 올 테니 어디 가지 말고 전화가 걸려 오면 받으라고 하더라고."

"그래서?"

"뭐가 그래서야 졸지에 전화 받는 사람이 된 거지."

"그러니까 그때 아줌마가 청송식당 주인이었구먼."

"처음 듣는 얘기여?"

"그렇지."

"어떻든 나는 도움 받을 입장이잖어."

"나도 마찬가지이지 당신이랑 부부처럼 살게 해 주셨으니."

"그런 얘기만 하다 해 넘어가겠다."

아내 신명순 말이다.

"그런데 서울대 학생이 되기까지가 궁금해."

"그런 얘기했을 텐데 안 했을까?"

"자세히는 안 했어."

"그러면 말할게, 그러니까. 서울대 입학원서를 내기는 시간적으로 어림도 없음에도 낼 수 있도록 도와주신 고속버스 기사님, 저녁도 사주시고 합격하라면서 내려가는 차표도 끊어주신 아저씨, 두 분은 잊을 수가 없는데 지금은 어떻게들 지내시는지 연락처를 적어둘걸 그땐 그런 생각조차도 못 했다는 게 여간 미안해지네. 그걸 가지고 신문에 내기는 좀 그렇고."

"고마운 분들이지만 그게 사람이 사는 사회 아녀?"

"사람이 사는 사회?"

"물론 우리를 자식처럼 여기시는 조양호 장로님도 계시지만 말이어."

"그렇기는 해."

아내 신명순 말이다.

"말이 나와서 말이지만 이를테면 월급을 받는 간호사이지만 건강 회복하라고 정성을 쏟는 그런 일들 말이어."

"그건 그렇고, 기차 떠난 지금에 와서 후회한들 소용은 없지만 간호사 직에 매달리다 보니 애기를 더 두는 문제를 잊어버렸어."

"애기 더 두기 싫어서는 아니고?"

"아니어, 진짜여."

"진짜고는 소용없는 일이고 식당 웨이터로 일하게 된 얘기도 해볼까?"

"그런 얘기할 것 없어. 고생한 얘기일 텐데 우리가 연애 시절을 재현해 볼까?"

"연애 시절 재현?"

"그래."

"그러면 어떻게?"

남편 전재순 말이다.

"재현까지는 어렵겠고, 다 지나간 일이지만 관악산에 올랐을 때 자기 손이 보이더라고."

"그래? 보였으면 용기를 내보지 그랬어? 나는 기다리고 있었는데."

"무슨 소리야, 데시는 남자가 먼저 하는 거지."

"진짜 무슨 소리야. 현대에서는 여자가 먼저이지."

"그 말이 맞는지는 몰라도 여자는 남자 손에 끌려가게 구조상 그렇게 된 거래. 그러니까 창조의 원리."

남편 전재순 말이다.

"창조? 그것은 아닌 것 같고 성격에 따라 처지에 따라 장소에 따라 다르지 않을까?"

"이건 지인에게서 듣게 된 얘긴데 자기 딸이 삼풍백화점에서 근무했는데, 그런데 삼풍백화점이 왕창 무너지는 바람에 직장을 잃게 된 거야. 그나마 다행인 건 비번이라 다치지는 않았다는 거야."

"이름은 모르고?"

"이름까지는 위험하잖아. 당신이 탈 잡을 수도 있는데."

"그런 염려는 말어."

"염려는 무슨 염려, 그냥 하는 말이어. 그런데 그 아줌마 딸은 잠실 롯데백화점에서 직원을 모집한다는 말을 듣고 이력서를 내러 간 거야."

"그래서?"

"그래서가 아니라 사원을 뽑는데 이력서에 나타난 내용만 보고 뽑겠어. 안 그래?"

"그거야 당연하지. 나도 그랬을 테니까. 그래서 말인데 내가 미웠으면 쳐다보지도 않았을 거야."

"어디 얼굴만 보고 손 좀 달라고 하겠어. 봐 누구도 없는 한가한 자리에 남자란 놈이 바로 옆에 있는데."

"놈이란 말은 거두십시오. 아내님!"

"아이고, 미안해. 얘기를 계속하자면 다섯 사람이 심사대에 앉아 심사를 보는데 맨 마지막 심사원이 '문은희는 뒤로 와 서 있어요.' 그러더래."

"뒤로 와 서 있으라고 했으면 왜 그러나 했겠다."

"당연히 그랬겠지. 그래서 문은희는 시키는 대로 서 있는데 심사 시간이 끝나자 따라오라고 하더래. 그래서 따라갔더니 생각지도 않게 배고프지요? 하면서 빵을 사주더라는 거야. 그래서 야, 비로소 취직은 됐나 보다 그렇게 생각하고 있는데 차를 타라고 하더래."

"차를 타라까지면 취직하려는 입장이기는 해도 얼떨했겠다."

"나중에 알게 된 사실이지만 직급이 과장인데 두말없이 차를 탔데. 그런데 아니, 이게 뭐야. 자기 집으로 데리고 가더니 부모에게 인사를 시키더라는 거야. 그래서 무슨 속셈인지도 모르고 바보같이 그냥 절만 했는데. 그런데 어른들은 부랴부랴 밥상도 차려오고 야단들이더래. 아니, 내가 혼령에 빠진 건가? 두렵기도 하지만 방안을 보니 괜찮게 사는 집 같더래. 그러니까 나를 자기 색시로 삼겠다는 술책인 건가? 그렇게 생각하고 있는데 아니나 다를까. 그의 어머니가 못 가게 붙잡기까지 하더래. 그러더니 이력서에 집 주소도 전화번호도 있겠다. 그랬기에 집은 어디며 물을 것도 없이 명함을 주면서 내일 나오라고 하면서 집에까지 태워다 주더래. 그러니까. 총각은 스물아홉 살 문은희는 스물세 살 나이 차이는 좀 있어도 결혼하기 딱 좋은 나이잖아, 생김새가 못생긴 것도 아니고 친정 부모도 마다할 이유 없어 결혼을 허락했고, 그래서 곧 결혼을 해서 아들딸 4남매를 두고 맛나게 살아간다네. 그런데 우리는 결혼하기까지 몇 년을 연애한 거야."

"몇 년은 몇 년이야, 5년이지."

남편 전재순 말이다.

"그렇구먼, 내가 대학을 졸업하고 결혼은 다음 해에 했으니까."

"그런데 기선이 하나만 낳고 말아서 좀 그렇지 않아?"

"그래서 든든하지는 못해."

"든든하지 못하다고? 그러니까 힘이 없다는 거 아녀."

아내 신명순 말이다.

"기선이뿐이라 아슬아슬하기도 하고 말이여."

"아슬아슬한 것은 자기만 그런가. 나도 마찬가지이지. 지금에 와서 하나 마나 한 얘기지만 후회는 돼."

"그러니까 자식을 두는 건 아내들 권리인 건가?"

"무슨 권리까지여. 말도 안 되게."

"엉뚱한 말일지 몰라도 사실이잖어."

오늘날은 간편하게 살자. 그런 이유인지 핵가족으로들 살아가려들 한다. 시대가 시대인 만큼 아니라 말할 수는 없으나 자식을 두지 않고 살겠다는 생각은 노년기를 심각하게 생각하라는 것이다. 그러니까 후손이란 얼마나 중요한지를 말이다. 그래, 현대사회에서 자식 키우기란 물질적, 정신적 면이 만만치 않을 것이지만 가임여성이라면 생각해 볼 일이다. 권장하기는 셋까지는 두라고 말하고 싶다.

"무슨 말 하려고 그런 말을 꺼내실까?"

"내가 무슨 말을 할 건지 짐작이 안 가?"

"짐작…?"

"그래 짐작."

"그건 그렇고, 저 갈매기들은 연애 시절에 봤던 갈매길까?"

아내 신명순 말이다.

"우리야 몰라도 저 갈매기들은 알지도 모르지."

"그렇기는 하겠다. 그런데 그때의 갈매기들은 아닐까?"

"무슨 소리야. 한참 후손일 테지."

"한참 후손? 우리가 얼마나 살았다고 한참 후손이야."

"그렇기는 하다. 나이 오십도 안 되는데."

"그러면 자기는 갈매기 수명이 얼만지나 알아?"

"정확한지는 몰라도 알지."

"안다고? 조류학 공부도 안 했는데."

"조류학을 해서만 아나. 친구들끼리 얘기를 하다 보면 알게 되는 게지."

"그러니까 아는 게 아니라 들은 거네."

"학교에서 배워 아는 거나 들어서 아는 거나 아는 건 마찬가지 아녀?"

남편 전재순 말이다.

"그렇기는 해도 공부로 알게 된 것과 들어서 알게 되는 것과는 다르지."

"이론상 그럴지는 몰라도 갈매기 수명은 십육칠 년 정도래."

"그러면 인간보다는 한참 부족한 수명이잖아."

"인간 수명도 그래, 앞으로 30년 후부터는 평균 수명이 120세일 거라는 말도 하던데 그런 말 당신도 들었을까?"

"듣기야 했지. 그런데 만약 그렇게 되면 나쁜 건가, 좋은 건가?"

아내 신명순 말이다.

"나쁠 수야 있겠어. 무병장수를 위해 몸부림들인데."

"그러니까 보약 장사꾼들 돈도 벌게 해주고?"

"보약 장사꾼들 돈도 벌게 해준다는 말은 매우 위험한 말이다. 누가 들을지도 모르는데."

"말을 듣고 보니 앞으로는 부정적 말은 안 할 거다."

"문제는 악재가 없고 전재순과 함께라야 해. 지금 무슨 말 하고 있는지 감은 잡혀?"

"아이고…."

"그러니까 엉뚱한 질문이나 다른 여자와도 살아보면 싶어는 아니지."

"말도 안 될 말을 하고 있네."

"그래, 믿어야겠지만 전재순은 이 신명순만 쳐다볼 그런 남자야."

"신명순만 쳐다볼 그런 남자라니 뭘 보고?"

"뭘 보고가 아니라 남자들은 다 그럴 테니까."

"우리가 무슨 얘기를 하다 삼천포로 빠지는 말을 했지?"

"갈매기 얘기."

"그렇구면."

"아무튼 연애 시절에 봤던 저 갈매기는 아닐 테고 손자?"

"글쎄, 글쎄…."

남편 전재순 말이다.

"여기서 자기와 데이트를 했던 생각이 나?"

"데이트를 했던 생각이 나는 게 아니라 훤하지."

"그래?"

"보면 자기는 덜 바쁜가 봐. 난 너무도 바빠 아들 아침도 제대로 챙겨주지 못하는데."

"너무 바빠 아들 아침도 제대로 챙겨주지 못한다고? 아닌 것 같은데…."

"내가?"

"아니야. 다른 여자들…."

말은 그렇게 하고 있으나 성인이 되어가는 아들 문제로 그동안 구상했던 얘기를 아내에게 진지하게 하고 싶어 이렇게 오자고 했고, 서론 격인 말을 하는 것이다. 그래, 부부간이야 서론 말까지 필요하겠는가마는 그동안의 말은 거의 사무적 말만이었다. 아내야 그런 얘기를 하지 않는 이상 모르겠지만 말이다.

"날씨도 우리를 위하자는 건지 날씨가 여간 좋다."

아내 신명순 말이다.

"우리가 데이트를 여기서도 한 것 같은데 날짜는 기억나?"

"기억나지. 1997년도 사월 초파일."

"기억은 나도 나. 지금은 돌아가시고 안 계셔서 그렇지 우리 어머니 회갑 다다음 날이라서."

남편 전재순 말이다.

"그래?"

"그랬는데 우리는 어느새 아저씨가 되고 아줌마가 되어버린 거야?"

"그게 자기는 억울한 건가?"

"억울하다기보다 주어진 삶대로만 살아서는 안 되는데 그래서이지."

"자기 그런 말 너무 심각하다."

"당신은 내가 그렇게 보여?"

"그러면 아닌 건가?"

"나는 아닌데…"

아내 신명순은 한양대학병원 수간호사로 근무 중이다. 그렇게까지는 서울대학교 출신이기에 가능했으리라 싶지만 그걸 따지자는 아니나 우리 부부는 학교 출신으로 보면 어울리지 않을 수도 있다. 그러나 이미 결혼까지 해서 고3생인 기선이도 두고 살아간다. 그러니까 아내도 그러리라 싶지만 연애시절 붙들던 손 또다시 붙들면서다. 무의도 바다 썰물은 그만큼에서 끝나고 밀물로 바뀌었는지 "이제 그만들 나오시오. 물이 급하게 들어옵니다." 무의도 지킴이 확성기 소리다.

"예, 나갑니다."

누군지는 몰라도 고맙다는 외침이다.

"당신과 데이트 때 얼마나 예쁘던지 당신을 들고 저 물속으로 풍덩 들어가고도 싶었지."

"아니, 지금은 미워졌다는 건가? 말이 좀 이상하네?"

"그게 아니라 그땐 당신을 위해서는 죽어줄 수도 있었다. 그런 말이여. 오해는 말어."

"오해까지야 아니지만…."

"당신더러 친구들 모임에도 같이 가주면 했었어. 그렇지만 당신은 너무도 바빠 그럴 시간도 없을 것 같아 말을 안 한 거야."

"아무리 바빠도 자기 친구들 모임에 같이 갈 수도 있는데 말하지."

"그래?"

다툴 일만 아니면 무슨 말이든 할 수 있는 게 부부일 것이다.

"앞으로는 친구들 모임에 같이 가고 싶으면 언제든지 말해. 시간이 안 되면 모를까 따라는 갈게."

진짜다. 아내들 모임에 남편이 따라가기는 사회정서상 아니겠으나 남편을 따라가는 것은 남자들 모임을 부드럽게 할 수도 있다.

"알았어."

"알았으면 앞으로는 딴소리 말고 그렇게 해 따라갈 테니."

"딴소리? 젊은 나이에 딴소리는 치매 증상에서 나타나는 건데?"

"말이 많다."

"그래 알았어."

오늘 외출은 단순 외출하자고 나온 게 아니다. 부부간이지만 무미건조하게 살아서는 모양만 부부일 것 같고. 아들 기선이 문제를 말하고 싶어서다. 그래, 중대하다고 생각이 될 얘기는 신중해야 하고, 기분이 좋은지, 안 좋은지를 살펴 말을 꺼내야 기대효과를 얻을 수 있지 않을까 싶어서다.

"자기 내게 할 말 더 있는 것 같은데 맞아?"

"맞아. 그런데 말이야. 우리가 결혼해서 기선이를 두기는 했지만 우리만의 시간을 갖지 못했는데 오늘은 이렇게라도 시간을 갖게 돼 기분이 좋다."

"아니, 자기 표정은 기분 좋기 위해 이렇게 온 게 아닌 것 같은데?"

"그렇기는 해."

"그러면 정곡을 찌른 말인 건가?"

"그래, 정곡이어. 당신에게 하고 싶은 말이 생각나서 그러는데 말을 해도 괜찮겠지?"

"무슨 말 하려고 서론까지야."

"다름이 아니라 기선이 녀석이 어느새 고3생이 됐잖아."

"그래서?"

"그래서가 아니라 고3생이 되고 보니 괜찮은 대학에 붙어야 한다는 이유이기는 하나 학원으로 달려가고 그러는 바람에 일상적이라야 할 대화조차도 무디어지는 것 같아서야."

"그러면 지금까지의 생각이 우리 둘만의 생각이 아니었다는 거네?"

"우리 둘만이면 이런 말 하겠어."

"그렇기는 하지, 자식을 두고 살아가는데."

"이래서는 무늬만 부모 자식이지 정신적으로는 남일 것 같다는 불안한 맘이 들어서 생각을 해낸 것이 가족여행이야."

"그렇다면 싫다 할 이유는 없겠지만 별말도 아닌데 그리도 심각하냐?"

아내 신명순은 남편을 빤히 보면서다.

"그러면 오케이 해주는 거지?"

"오케이가 다 뭐야 당연하지."

그래, 남편과 나는 대학 시절에 만났고, 자식을 두었고, 남편은 현대건설에, 나는 한양대학병원 수간호사라 남부럽지 않게 살아간다. 그래서든 우리 부부는 깔끔은 당연하게 여기지만 내 남편은 좀 유별나다. 물론 그래야지 하면서도 너무 딱딱하다는 생각을 지울 수 없다.

그러니까 오늘은 남편과 무의도 해수욕장 모랫길이지만 남편은 너무도 진지하다. 진지한 것이 싫지만 그렇다고 해서 본래의 성격인데 어쩌겠는가. 어떻든 그동안 생각했던 말을 내 앞에다. 쏟아놓으려는가 보다.

나는 한양대학병원 수간호사로 이십여 년을 근무하다 보니 간호사들을 관리해야 하는 관리간호사로, 남편은 대형 건설회사 상무이사로 당장은 그렇게 살아간다. 그래서 일반적이지 않은 가정형편일 수는 있다. 때문이라고 해도 될지 몰라도 우리 부부는 지인들이 보기엔 부러울 수도 있다. 그러기에, 늘은 아니나 고교 동창 모임에 참석하곤 하는데 거기 분위기도 그런 눈치로 보여 과거로 돌아간 얘기로 덮기도 하고. 때로는 밥값은 내 카드로 결제를 하기도 한다. 그러는데 그것도 무슨 위세나 부리는 사람처럼일까 싶어 여간 조심스러운 건 사실이다.

어떻든 그것이 가정적 효과로까지는 남편은 남편대로, 나는 나대로, 아들은 아들대로, 이거야 가족이 맞는지? 의심일 정도다. 그래, 하는 일이 서로 다르면 따로일 수밖에 없겠지만 따뜻한 가족이라는 개념조차도 사라지고 말 게 아닌가. 그럴 것을 대비한 주거개념은 아니겠지만 전철역 인근에는 원룸 건물들이 날로 높아만 간다. 그러니까 나는 나대로 살아가겠다는 심리가 만들어 낸 안타까운 주거개념이다. 오늘날의 민주화란 어떻게 해석되는 걸까? 그러니까 나는 나대로 살아갈 테니 그것을 인정해 달라가 아닐까.

민주화가 아무리 좋기로서니 그렇게까지 가서는 인륜이니, 도덕이니 이런 단어는 과거 단어로, 어학사전에서도 삭제가 될 날도 그리 멀지 않은 것 같다. 그래서든 부모라면 자식을 위하고자 하는 맘일 것이나 가족 평화를 위해서는 생각이 달라야 하지 않겠는가.

"여보, 기선이에게 말하고 싶은데 말할 분위기 좀 만들어 줄 수 있을까?"
"나보고 하는 말이요?"
"그래."

"그러면 방법은 어떻게?"

"저녁 먹을 시간이 돼가잖아. 우리가 잘 먹지 않던 튀김통닭도 한 번 먹어 보자고."

남편 전재순은 의도한 말 대신 전혀 엉뚱한 말을 한다.

"알았어."

따르릉 따르릉….

"예 불닭 가겝니다."

"튀김통닭 부탁하고 싶은데 부탁해도 돼요?"

"예 됩니다. 그러시면 뭘로요?"

"뼈 없는 통닭으로 좀 부탁합니다."

"그러시면 대짜도 있고, 중짜도 있는데 대짜는 만 5천 원이고요, 중간은 만 2천 원인데 어떤 것으로 할까요?"

"그러면 대짜로 두 마리 부탁합니다."

"그러시면 배달 주소는요?"

"주소는 바로 앞 푸르지오 아파트 107동 1102호입니다."

"예, 알겠습니다. 그런데 급하지 않으시면 약 15분 정도는 시간이 필요한데 그래도 괜찮겠습니까?"

"예, 급하지는 않습니다."

장사는 맛만 좋아서는 안 된다. 말투도 호감이 가야 한다. 그래서 이겠지만 친절한 전화 목소리다. 아내 신명순은 아들 방만이 아니라 이웃집까지도 들릴 만큼 큰 소리로 통닭을 주문한다. 그래, 남편은 회사 일 때문이기는 하겠지만 아들 기선과의 대화가 거의 없다. 그래서 무슨 말을 할지 들어 봐야겠지만 그동안의 생각을 풀어 놓으려는가 보다. 어떻든 주문한 뼈 없는 튀김통닭 세 마리가 배달된다.

"이게 제일 큰 건가?"

"대짠데 그렇게 안 보일까?"

"잘 모르겠지만 기선이 불러."

"기선아! 너 바쁘냐?"

엄마는 아들 공부방 문을 두드리면서다.

"바쁘지는 않아. 숙제가 좀 남기는 했지만 왜?"

"그렇게 중요한 문제가 아니면 나와라."

"그래 알았어."

아들 기선이는 알았어, 하고는 곧 나온다.

"저녁 먹을 시간이 다 돼가는데 오늘 저녁은 튀김통닭으로 해결이다."

"좋지, 그런데 아니, 뼈 없는 통닭이잖아."

"그래. 뼈 없는 통닭이지. 맛은 뼈가 있는 게 더 좋을 수도 있겠지만 음식물쓰레기 치우기가 좀 그래서 이렇게 시켰다. 그러니 맛있게 나 먹기다."

"엄마 이런 거 자주 좀 사줘!"

"내가 그동안 고기를 안 사주었나? 아이고… 그랬구나. 미안하다."

"가끔은 먹었지만 이런 통닭은 처음인 것 같다. 고기를 먹어야 힘이 생겨 공부에도 잘 할 수 있지 않겠어?"

"먹는 얘기 다음에 하고 기선아!"

아빠 전재순 씨 말씀이다.

"예."

"우리 여행 한 번 갈까?"

"여행이요?"

기선이가 고3생이기는 해도 아직 어린 자식이다. 그렇지만 아들 기선은 나름 어른 생각일 수도 있다. 그래서 전혀 예상치 못한 아버지 여행 얘기라 좀 당황스러운가 보다.

"왜 싫어?"

"아니요. 그러면 언제쯤이요?"

"이번 여름방학 때."

"이번 여름방학 때… 생각해 볼게요."

"어렵다면 취소하겠지만 그렇지 않다면 언제든 기회를 만들기가 어려울 것 같아서다."

그래, 기선이 너야 공부하느라 몸이 부서질 정도이겠지만 아빠는 회사 일이기는 하나 삶에서 아주 중요한 것을 놓치고 있는 것 같아 머리도 식힐 겸 여행을 가자는 것이다.

"그래요 좋아요."

좋아요는 했지만 그러면 가족여행 얘기는 아빠가 아니라 엄마가 제안한 건가?

"좋다고? 그러면 됐다."

그래, 얼마 전부터 생각이지만 주어진 삶에다만 살아서는 사랑하는 가족의 행복을 잃어버리는 우를 범할지 모른다. 그렇기도 하지만 나이가 오십 대 중반에 이르면 침대가 보인다고 누군가는 그리 말하기도 해서다.

"됐다고는 했으나 그것이 맞는지는 몰라도 자기가 처한 현실이 그렇다는 의미의 말이겠지만 사실 나(아빠)도 아니라고 하기는 나이를 먹어 간다. 그래서다. 그리고 가족여행을 해보면 어떨까 싶어 엄마와 의논할 것이니 아빠의 생각에 동의한다면 장소도 시간도 네가 다 정하면 좋겠다."

"장소도 시간도 기선이 더러 정하라고요?"

아내 신명순 말이다.

"그렇지, 그러니까 한 주간 정도로 구상을 해봐라! 물론 여행비용은 기선이 네가 설계한 대로 하겠지만 말이다."

"그것들을 제가 다요?"

"그렇지, 잘 모르겠으면 인터넷에 올려져 있는 내용을 찾아서든 말이다. 아니면 누구에게든 물어서라도 말이다."

아들로서는 생각지 못한 느닷없는 여행 얘기이기는 해도 나름 머리를 굴려볼 것이다. 고3생이면 독립해 살아갈 수 있는 나이이기 때문이다.

"그렇게까지는 저 아직은 고3생인데요."

"여러 말 할 것 없다. 그대로 해라. 명령으로 생각 말아라."

"그게 명령이지요."

아내 신명순 말이다.

"명령으로 들었다면 미안하다만 이런 생각은 많은 생각 끝에 나온 것이다."

"예, 생각해 볼게요."

"생각해 볼 게 아니야. 그것도 있지만 너는 운전면허증이 없으니 우선은 내가 운전을 해야겠지만 운전면허증을 곧 따야겠다. 당장 말이다."

"당장은 나이가 있는데요."

아빠는 운전면허증을 취득할 나이를 모르지는 않으실 텐데?

"그래, 나이가 돼야지. 운전면허증을 취득하자마자 곧 운전은 두려울 것이니 핸들 감각을 익힐 겸 운전 연습할 곳도 알아보고."

"나는 그럴 필요까지는 없을 것 같은데요."

아내 신명순 말이다.

"그렇기는 하지, 한가한 도로를 몇 차례 반복하면 되겠지만 말이야."

그걸 누가 모르고 한 말인가. 아들을 신나게 하자는 게지.

"기선이 네가 지금은 학생이기에 공부에 있지만 무슨 꿈을 품고 공부를 하는지 묻지는 않겠다만 아빠 엄마 생각과는 다른 삶을 살아갈 것이다. 그렇지만 아빠 생각으로는 오늘날의 학생들은 공부를 왜 해야 하는지 정확한 설계도 없이 무턱대고 성적만 올리려는가 싶다."

"…."

우리 아빠는 전에 없던 설교다. 그런 말까지는 아닌 것 같은데….

"그러니까 여행을 통해 생각의 여유도 갖자는 거야."

"여보, 얘기 너무 길게 하지 말아요. 끝내요."

"알았어."

"지금 몇 시야. 학원 갈 시간이 돼가냐?"

"아니에요. 오늘은 쉴게요."

학원에 가는 걸 쉬겠다는 건 다름이 아니어요. 아빠는 늘 바빠서든 얘기하실 기회도 별로 없으실 텐데 그래서요.

"중요한 강의가 아니면 쉬어라. 그래, 아빠로서 잔소리를 할 수는 있어도 기선이 네 입장은 아니겠지. 그렇지만 잔소리는 오늘로 그만이다."

"…."

잔소리는 오늘로 그만이 아니어도 괜찮아요. 저는 어떤 말씀도 들어야 할 아들이어요. 그러니까 도덕 과목 시간에서 배운 내용이기도 해요.

"이제야 생각이나 가족이라는 관계성만 가지고 온전한 가족으로 볼 수는 없다. 그래서 하게 될 얘기지만 아빠의 일방적 말이라고만 생각지 말아라."

"예."

"그래, 아빠의 느닷없는 말이라 어리둥절할 것이다. 그렇지만 너는 아빠에게 엄마에게 말할 자격이 있는 아들이니 하고 싶은 말이 있으면 언제든지 말해라. 말하기가 곤란하다는 성 문제까지도 말이다.

"너무 나간 얘기는 말아요."

아내 신명순 말이다.

"너무 나간 얘기를 하려는 게 아니어. 여학생도 사귀라는 거여."

"…"

아니, 성 문제까지라니? 얘기가 너무 나간 거 아닌가. 자식 앞에서 성 얘기는 너무 어려워 학교에서나 강사를 통해서 지식을 알게 하거나 해야지. 인터넷을 통해서 알게 하던지 말이다.

"성 얘기가 나왔으니 그런 문제에 있어 말을 한다면 지구상에 모든 생물체는 성이라는 문제로 관계성이 이루어져 있고, 번식이라는 문제도 성이 없이는 불가능하다. 그래서든 인류의 번식도 성으로 된 어디까지나 생물체다. 그런 성이 쾌락으로 흐르고 있다는데 문제일 수 있고, 성 문제는 세계적으로는 인구팽창 문제로까지 가고 있어."

"…"

우리 아버지는 민감한 성 문제 얘기까지 하신다.

"아니라는 생각이지만 애를 많이 낳으면 국가로부터 혜택도 주어진다고 하는 것 같다."

"그런 얘기까지는 너무 나간 얘기 아니요?"

아내 신명순 말이다.

"말을 했으면 끝은 맺어야 할 게 아닌가. 그래, 국가가 주는 혜택 때문에 애를 많이 두지는 않겠지만 어떻든 성은 쉽게 다룰 문제가 아니라서 결혼식이라는 형식을 취해 성을 자유롭게 누리고 있지 않은가."

더한 얘기는 조심해야 할지 몰라도 우리나라 인구 중 (여성) 0.5%가 성 업종에 종사한다고 하는 것 같고, 소위 선진국이라고 하는 국가에서는 성을 상품화하기도 한다는 말도 들리지만 말이다.

"지금까지 한 말은 어디까지나 아빠의 일방적 말이기는 하다만 기선이 너도 생각해 보라고 한 말이니 그리 알아라. 아빠가 잔소리를 너무 많이 했는가 싶다만 오늘을 갖기 위해 생각을 많이 했고, 솔직히 네 눈치도 살폈다."

"알겠어요 아빠."

"알았으면 됐다."

고3생들아! 그렇게 굳은 표정으로 학원 문을 열지 마라. 굳은 표정으로 학원 문을 연다고 해서 공부가 잘될 일도 없을 것이니. 그래, 그 말이 다 맞다고 말할 수는 없겠으나 인간이 누려야 할 절대 행복은 밝은 표정에서 나온다고 보기 때문이다.

들으면 스트레스는 좋은 일자리가 더 많다더라. 꼭 그런지는 정신분석가가 아니라 잘 몰라도 쉽게 말해서 승진이 못 되면 그 자리에서 물러나야 한다는 그런 위기감 말이다. 직장 속성상 단 한 명인 사장 자리를 차지해야 직성이 풀릴지도 모르겠지만 말이다. 사장이 된다 해도 자리를 내놔야 할 시간은 가까이 있지 않은가.

"자기야!"

"그래."

"자기 얘기를 듣다 보니 엉뚱한 생각이 다 드네."

"엉뚱한 생각?"

"엉뚱한 생각이라기보다 기선이가 형제가 없어 외롭겠다는 거여."

"기선이가 외로울 거라는 생각 이제야 든다고?"

"미안은 하지만…."

기선이 혼자는 안 되니 더 낳자는 남편의 눈치였으나 직장이라는 이유로 무시한 게 후회다. 그래, 자식을 두는 게 쉬울 수가 있겠는가 마는 기선이 하나만으로는 힘이 없다는 건 자식을 키워본 입장들은 느낄 것이다.

"그런 말 했다고 자기 화내는 거여?"

"아니어. 당신은 내 맘을 너무도 몰라. 아니, 알 필요도 없는 것 같아."

"그러니까 밉다는 거네?"

"밉다고 말할 수는 없어도 암튼 그래."

"미워해도 나로서는 어쩔 수 없었어."

"그러니까 그땐 나이 먹을 생각도 못 했다는 거 아녀."

"한참 젊은데 나이 먹을 생각으로 사는 사람도 있을까?"

"그거야 그렇지. 나도 그랬으니까."

"그래서 생각인데 조카들을 불러올리면 어떨까 싶어."

큰집은 아들만 셋이다. 결혼이야 순서가 바뀌어 동생인 남편이 먼저이지만 말이다. 아무튼 손위 동서는 시댁 질서상 나이는 생일도 나(신명순)보다 두 살 낮으나 형님으로 깍듯하게 대하게 된다. 손위 동서는 어려워하지만 말이다. 나이 차이만이 아니다.

손위 동서 낮은 학벌을 들먹거리기는 조심스러우나 중졸인 자신에 비해 손아래 동서인 나는 서울대학을 나왔고 대학병원 수간호사라는데 위압감도 가질 것을 내가 어찌 모르겠는가. 다 안다. 알지만 손아래 동서든 손위 동서든 경제적 형편을 고려해서 돕는 것이 자식들에게도 괜찮지 않겠는가. 그렇다를 남편에게 말하고자 하는 것이다.

"조카들을 불러올리자고?"

"그렇지. 이런 생각이 갑자기 나는데 자기는 어때?"

수학 공식이라고 말할 수는 없겠으나 그동안 살면서 머리를 부동산 쪽으로 돌린 것이 맞아떨어져 아파트 세 채나 된다. 아파트 세 채만이 아니다. 저축 돈도 있다. 그렇게까지는 학생일 때 도움을 주신 소망부동산 중업을 지금도 운영하고 계시는 조양호 장로님 덕분이지만 말이다.

그래서 많이는 아니나 시댁이라고는 시아주버니뿐인 시댁에게 혜택을 주기로 했다. 돈 앞에서는 성직자일지라도 절절매기도 하는 세상이기는 하나 시아주버니는 여간 고마워한다.

때문만은 아니겠지만 시댁에 내려가기라도 하면 흔하지 않은 귀한 사슴고기도 먹게 해준다. 사슴고기는 담양 최고의 먹거리 중 하나다. 어디서도 맛보기 어려울 사슴고기.

"그건 나쁘지 않지만 기선이가 좋아할지야."
"그래서 물어는 봐야겠지만 지장만 없다면 싫다고 하겠어. 안 그래?"
"그럴까? 아닐 수도 있지만 다음으로는?"
"다음으로야 작은엄마가 해야 할 일로 조카들을 아들처럼 여기는 거지."
"그러니까 대학까지?"
"그거야 당연하지. 학원까지도 말이여."
"그러면 애들도 그렇지만 아주버니는 고맙기는 하나 싫다고 안 하실까?”

“그럴지도 모르겠지, 그러나 우리 사정 예를 들어 설득하면 응하지 못할 이유 없으리라 생각해.”

“이해는 되네.”

“그러니까 남을 돕지는 못해도 내 조카들만은 도와야만 해서여.”

남편 전재순 말이다.

“그런 말 나도 동의해.”

그래, 조카들을 내 아들처럼은 어려울 것이나 그렇더라도 조카들 통장도 따로 만들어 주는 것이다. 물론 조카들 자존심 건드리지 않는 범위에서.

“그래도 기선이에게도 물어봐야지 않겠어?”

“물어봐야겠지, 대학 졸업까지 책임질 거면 말이여.”

“그래야겠지.”

아내 신명순 말이다.

“우리가 번 돈이지만 기선이 것일 수도 있어.”

“그러네, 깊이 생각할 필요도 없이.”

“그래서 말인데 따지고 보면 기선이 돈인 거여. 때문으로 봐야겠지만 부모 재산을 자기 것인 양 목숨을 걸다시피인 경우도 있다잖아.”

“그래서 나온 말이 돈을 쓰는 것이 벌기보다 더 어렵다?”

“그렇지.”

"아무튼 고마워. 그런 야무진 생각은 아무나가 아닐 건데."

지금의 아내 긍정적 생각을 얻어내기 위해 무의도까지 갔었지 않았는가.

"그런 일에 구체적 생각까지는 못 했지만 기선이에게는 외롭지 않은 동생이 생긴 거 아니어."

"그런 셈이지. 그런데 일단은 기선이게 물어는 보자고."

"그래, 무어는 봐야겠지만 싫다 할 이유는 없을 거여. 성격도 나 닮아서 그만하면 좋은 편이고 말이어."

"뭔 소리여. 성격도 엄마 닮았지."

"진짜 뭔 소리여, 아들은 아빠 성격을 닮는 게지. 왜인지까지는 하나님께 물어봐야겠지만 말이어."

"기선아."

"예."

"이건 내 생각이 아니라 엄마 생각이다만 네 사촌 동생들을 도우면 어떨까 싶다."

"그러니까 기만이, 기철이, 기성이요."

담양중학교에 다니는 두 명의 동생들과 그리고 초등학생이 기성이다. 그렇지만 우리 집에서는 나 혼자뿐이다라는 생각인지 아들 전기선은 말씀하시는 아빠를 쳐다본다.

"그렇지, 네 사촌 동생들을 돕자는 거야."

"도우면 어떻게요?"

"그러니까 아예 우리 집으로 데려와 학교를 보내자는 거야."

"우리 집으로 데려다가 학교를 보네요?"

"그렇지, 그런데 문제는 기선이 네 생각이 문제야."

"그렇게까지는 어려울 수도 있을 텐데요?"

"어렵다면 무엇일까?"

"그러니까 큰아빠도 큰엄마도 멀리 보내기는 쉽지 않을 테니까요. 물론 미국 유학을 보내는 것처럼은 아니기는 해도요."

"그렇기는 하다만 일단은 그렇다."

"알았다. 그러면 곧 추진할 거다. 물론 엄마와 의논해서."

"그러면 우리 집이 시끌벅적할 건데요?"

"엄마가 좋아할지는 아빠가 아니라 엄마 제안한 일이야."

형제라면 어느 형제든 그럴 것이지만 우리 형님은 발전이 없는 시골 사람으로만 살아가고 있다.

내가 이렇게까지는 형님 덕이라 아니할 수 있겠는가. 가정마다 다 그렇지만 장남이면 부모님과 함께해야 할 것은 당연하다. 그래서 형은 농촌 사람으로 살아가고. 아우인 나는 형을 믿고 대학을 다닐 수 있었다.

그래서든 내가 대학을 나오고 초대형 건설회사 상무까지면 가난한 시골 출신이 출세한 것으로 봐야겠지만 말이다. 형은 이렇게 된 것을 지인들에게 자랑도 할 것이다. 아무튼 이렇게까지 고맙기는 앞장을 서준 아내 신명순에게 돌려야 할 것 같다.

부모가 가장 행복하게 생각하는 건 자식들이 오순도순하게 살아가는 모습이라고 하지 않은가. 아무튼 이런 괜찮은 모습 부모님께 보여드리고도 싶으나 부모님은 안 계신다. 아쉽다.

"우리 엄마는 역시야."

"역시라니, 기선이 너 엄마에게만이냐? 아빠 서운하게."

"아빠 서운하게는 아닌데요."

진짜 말씀인지 아들 기선은 아빠 표정을 읽는다.

"아니야. 아빠가 그냥 해본 말이야. 네 엄마도 인정해."

"인정은 뭘 인정해요?"

아내 신명순은 부자간에 하는 말을 듣고만 있다가 불쑥 말한다.

"그러니까 당신 용감한 거. 그러나 아닌 면도 있어."

"아닌 면도 있다니요? 그게 뭔데요?"

"엄마는 너무 따져 묻는다. 아빠는 한번 해본 말씀인 것 같은데."

"아니야. 네 엄마는 서운하다 할지 몰라도 기선이 너 혼자만 두었기 때문이야."

남편 전재순은 하지 말았어야 할 말까지 했나 싶은지 아내의 표정을 읽는다.

"기선이 혼자만 둔 게 후회나 이젠 어쩔 수 없잖아요."

"그러면 무슨 얘기로요?"

"무슨 얘기냐면 큰집에 도움을 드리려면 기선이 동의도 있어야 할
게 아니야 그래서지."

"그런 일에 동의까지요?"

"저 동의해요."

"기선이 너 진짜냐?"

"진짜여. 나는 싫다고 할 이유 없어."

"기선이 네가 싫어할지 몰라 걱정했는데 그게 아니라서 다행이다."

전기선 엄마 말이다.

"다행은 무슨 다행이여. 난 아니여. 엄마."

신명순은 그렇게 해서 큰집 조카 둘을 서울로 전학시키게 된다. 그
렇게 해서 중학교까지는 잘 다니다가 고등학교에 들어가고부터는 아
닌 행동을 하지 않은가. 그러니까 눈치를 살살 보이기 시작한다는 것
이다. 조카들 딴에는 자기 집 가난 때문에 작은집 도움이라는 생각일
테지만 말이다.

"기만아! 기철!"

작은엄마인 신명순이가 조카들을 불러내는 건 설명까지 필요 없
이 전씨 집안 며느리가 된 이상 형제 우애를 절대로 해야 한다는 생
각 때문이다. 형제 우애 생각을 아들 기선이가 들어도 상관은 없겠으

나 학원에서 아직 안 와서다. 그래, 너희들의 생각을 이 작은엄마가 어떻게 움직이겠느냐마는 일단 최선을 다하자는 것이다. 그러니까 너희들 맘을 사는 일 말이다.

"예."

쌍 고동이다.

"거실로 나와라!"

"예."

기만이 기철이 둘이는 동시에 나온다.

"야. 너희들 공부 너무 빡세게는 하지 마라. 머리 터질라."

"빡세게 아니에요."

"진짜야. 그리고 그동안 바쁘다는 핑계로 맛있는 거 자주 사주지 못해 미안한데 오늘은 튀김통닭 사 왔으니 먹자."

작은엄마는 상에 올려놓은 튀김통닭 포장을 뜯으면서다.

"감사합니다. 잘 먹겠습니다!"

큰조카 기만이 말이다.

"맛이 어떨지는 몰라도 기철이 너도 많이 먹어라!"

"예…."

"그런데 너네들 작은집이라 어렵지?"

"아니에요."

"아니기는 뭐가 아니야. 작은엄마도 그런 경험을 겪었는데. 물론 너네들 사정과는 다르기는 해도."

"진짜 아니에요."

"그래, 네 형 기선이가 들어도 괜찮겠지만 작은엄마가 말해도 되겠니?"

"무슨 말씀인지 몰라도 하세요."

"그러니까 너네들이 작은엄마를 미안해할 필요 없는데 그렇지 않은 것 같아서야."

"우리는 아닌데요."

"너네들이야 아니라고 하겠지만 작은엄마는 그렇지 않아 보여서다."

더한 얘기는 자존심에 관한 문제일 수도 있어 조심스럽지만 너네들 형인 기선이 혼자라 좀 그랬는데 너네들이 이렇게 와주어 우리 집도 사람 사는 집 같다. 물론 이 작은엄마 생각일 수도 있겠지만 말이다.

어떻든 작은엄마는 너희들에게 더는 못 해주어도 대학까지는 책임질 생각이다. 작은엄마가 설교 같다만 그렇게는 너네들 작은아빠 제안이기도 하다. 설명하자면 작은아빠가 오늘이기까지는 너네들 아빠 덕분이라는 말도 하신다. 그러니까 너희들을 키우겠다는 말씀 말이다.

"…"

전기선 사촌 큰동생은 작은집에 있게 된 것만도 부담스럽다는 건지 밝지 못한 표정이다.

"그래, 작은집 도움이라는 자존심이 있기는 하겠지. 그렇지만 자존심은 못난 생각이라는 것을 알아야 한다. 그러니까 너희들을 돕 자가 아니야. 우리 집엔 외아들뿐이라 너희들이 내 아들처럼이었으면 해서야. 물론 너네들 엄마 아빠 말씀을 들어는 봐야겠지만 일단은 그래."

"엄마 아빠는 모르는 일이네요?"

"말씀 안 드렸으니 모르실 일이지. 그래서 솔직히 말하면 너희들도 공부를 잘해 작은엄마를 뿌듯하게 해주어야 할 게 아니냐."

"그렇게까지는 자신 없어요."

"자신 없다만 말아라. 용감하면 될 일이다. 용감이라는 말은 누구의 도움이 든 거절할 필요가 없다는 얘기다. 그러니까 작은집 도움도 용감하게 받아들이라는 거야 무슨 말인지 알겠냐?"

"아, 예."

"다시 말해 자존심은 희망이 없는 바보들인 거야."

"아, 예."

"말할 기회가 주어졌으니 더 말하면 너희들도 알고 있는지 몰라도 수백억 재산가 얘기다. 어렸을 때 큰집에 얹혀살아 갈 수밖에 없어 눈치를 보며 살아가는데 작은집 아이들이라고 구박이 심해 뛰쳐나갈까도 했단다. 그렇지만 아무리 생각을 해봐도 갈 곳이 없는 거야. 그래서 어쩔 수 없이 살다 보니 돈을 벌 만큼 성장을 한 거야.

그래서 돈은 그만두고라도 밥만 먹을 수 있는 일이면 무슨 일이든 닥치는 대로 한 거야. 그것이 사람을 볼 줄 아는 사람 눈에 띄게 되고, 결국에는 사업가가 된 거야. 사업가가 되고서 생각을 해보니 구박을 심하게 하신 큰어머니가 미운 게 아니라 감사하게 생각되더라는 거야.

그래서 큰어머니를 잘 모시게 되더라는 거야. 그래, 너네들에게 엉뚱한 말을 했는지 몰라도 도움받을 수만 있다면 받으라는 거야.

그렇다고 이 작은엄마가 주는 도움이라고 해봤자 아직 너네들 학비 정도뿐이지만 말이야."

"아, 예."

"아무튼 너네들과 함께하는 것이 네 형 기선이도 좋다고 한 일이니 그런 줄 알아라."

"아, 예."

"작은엄마가 말이 너무 많지?"

"아니에요."

"아니기는 뭐가 아니야. 솔직히 말 안 해도 돼. 작은엄마도 학생 때는 그랬으니까."

지금까지도 잘 못 되리라는 생각은 단 한 차례도 해본 일이 없다. 그래서이지만 공부 실력으로는 어림도 없는 서울대학에 붙었고. 직장 생활로 돈만 쌓여 그동안 도와주신 부동산중개업자에게 부탁한 것이 너네들을 불러들이기까지다.

그런 얘기를 너희들에게 말할 수는 없어도 이 작은엄마는 생각지도 않게 대접을 받으면서까지 대학을 다녔다. 물론 생판 모르는 사람의 도움과 부담이 될 친인척의 도움의 차이가 있기는 하겠지만 말이다. 네 작은아빠를 만난 것도 그런 이유라고 말할 수는 없지만 결혼을 했고, 네 기선이 형을 낳은 것이다. 그러나 외아들을 만들었다는데 너희들을 불러드린 것이다. 그래, 너네들 엄마 아빠에게 부담이 될지 몰라도 이 작은엄마 삶에 있어는 더 좋은 일이 될 수 있는 생각을 하는 것이다. 그래서 이 작은엄마는 너희들에게 부담이 안 되게 해줄 생각이다. 그러나 생각처럼 잘 될지는 모르겠으나 작은엄마 생각 싫다 말아라.

"진짜 아니에요."

"진짜고 아니고 튀김통닭이나 먹자. 가까이 와!"

그래, 튀김통닭 싫어할 아이들이 아닐 텐데 오랜만에 사준 것 같다. 다음부터는 자주 사줄 테다.

"아니, 웬 튀김통닭이어요. 감사합니다."

"감사는 무슨 감사냐. 감사까지는 아니다. 자주 못 사줘 미안할 뿐이다. 그리고 엉뚱한 말일지 몰라도 여자 친구도 만들어라. 물론 대학생이 되고서이지만."

"여자 친구요?"

"남학생이면서 여자 친구도 없어서는 안 되잖아. 그래서야."

그런 말은 작은엄마로서 조카들 맘 편하게 해주자는 의도다.

"난 장가 안 갈 건데요."

큰조카 기만이 말이다.

"장가 안 갈 거라고? 네 색싯감은 이 작은엄마가 찾을 거다. 물론 지금은 아니지만."

"에이, 그건 아닌 것 같은데…."

"그건 나중에 할 말이나 우리 집은 기철이 네가 보듯 기선이 형 하나뿐이잖아, 그래서 말인데 너희들은 기선이 형을 친형처럼 하라는 거야. 작은아빠도 그러기를 바래."

"나는 친형처럼 하는데요."

"그래? 장가를 들어서까지도 그래라."

"예."

"그리고 이 작은엄마는 너희들 앞으로 연금보험도 들어놨다. 그래서 사실인지 확인코자 보험회사에서 찾아올지도 모르니 맞다고만 해라."

"연금보험이 뭔데요?"

"그래, 모르겠지. 연금보험에 대해 설명을 하자면 …(중략)… 일단 은 이래."

"그런 보험을 우리 엄마 아빠도 알고 계세요?"

"엄마 아빠에게까지는 아직이야. 그제 가입했으니까. 모래 내려가 서 얘기해 드릴 거야. 그런데 너네들은 작은엄마를 좋게 볼지 몰라도 작은집만 잘살면 그 불편은 누가 보겠냐는 거야. 작은엄마 말이 무슨 말인지 알겠지?"

"감사합니다."

작은엄마는 여간 잘해 주신다.

"감사가 아니야. 이 작은엄마는 너네들이 있어 주어 다행이다. 다행인 건 아까도 말했다만 작은엄마는 돈 많은 부자만 아닐 뿐, 돈이 없냐. 너네들 작은아빠가 잔소리하냐. 눈치를 주냐. 그러니 작은집이라고 불편해 말라는 거야."

작은엄마 신명순은 그러면서 조카들을 끌어 앉는다. 조카들을 끌어 앉기까지는 계산된 의도다. 작은엄마 신명순은 조카들과 그러는 사이 남편 (전재순)과 아들(전기선)이 동시에 들어오고. 작은집 조카들은 "작은아버지 지금 오세요." 한다. 물론 일어서서 깍듯이 인사한다.

그렇게는 누가 봐도 한 가족이 아님이 분명해진다. 그래, 어디까지를 자유라고 할지는 몰라도 아니면 아니라고 말할 수는 있어야 자유일 것이다. '작은아버지 나 용돈이 필요해요.' '저번 날 준 용돈 벌써 다 쓴 거야?' '말만 용돈이지 버스비 정도예요.' '그러면 용돈 얼마나?' '데이트 비용까지요.' '뭐? 데이트 비용까지? 그건 안 돼.' '예쁜 조카며느리감이어도요?' '예뻐도 그렇지.' '내가 몇 살인데 위험해요. 그건 아니에요.' '너 여자 친구 사귀느라 공부는 아예 치운 거는 아니겠지?' '그럴 수가 있겠어요. 작은아버지가 기대하셔도 돼요.' '기대해도 된다고? 이 작은아버지가 보기엔 아무래도 아닌 것 같은데…' '용돈 주실 거면 그냥 주시지 너무 따져 물으신다. 작은아버지는…' '아이고… 다른 조카들도 그럴까?' 이런 정도는 돼야 진짜 자본주의이리라.

"이런 말까지는 잘되고서 해야겠지만 지네들 색싯감을 찾아주려면 그만한 대책도 세워줘야 할 게 아니요."

"…"

아니, 대책이라니… 신명순 손위 동서는 아니라는 표정이다.

"그러니까 조카들 잘되길 바라지 않은 삼촌은 없겠지만 저는 그런 생각도 가지고 있어요. 형님."

"그런 문제까지는 아닌 것 같은데요."

신명순 시아주버니 말이다.

"아주버니는 우리 집안 어른 입장이세요. 그러니 동생에게 너무 어렵게 하지 마세요."

"남이 아닌 조카이기는 해도 애들을 데리고 있기가 쉽지는 않을 텐데. 애들은 잘하는지 모르겠네."

"그만하면 잘하고 있어요."

"그만하면이라니, 그러면…?"

"아니에요. 내가 말실수를 했어요."

신명순은 말을 바꾼다.

"형, 미안해."

"미안은 뭐가 미안해 말도 안 되게. 생각해 보면 지지리도 가난했던 우리 집이잖아. 그랬던 우리가 동생으로부터 풀린 건데."

"그렇기는 해도 나만 잘사는 것 같아."

"아니야, 동생이라도 잘살아야지."

그래, 우리는 오로지 형제뿐이잖아. 그게 흉일 수는 없겠으나 우리는 형제뿐이라 형제가 많은 집안이 부럽기도 해. 동생도 그러리라 싶지만 그래서는 아버지가 젊어서 돌아가신 이유도 되겠지만 어머니는 넉넉지 못한 살림에 우리를 고등학교까지만이라도 보내주어야 사람 구실을 할 거라는 생각으로 키우셨기에 우리가 고등학교까지는 다닐 수 있었다.

어머니가 그렇게 고생하신 이유만이 아니어도 보답해드릴 시간도 안 주시고 암이라는 이유로 세상을 떠나신 게 많이도 아쉽다.

이럴 때 어머니가 계시기라도 해서 그동안 못한 얘기도 해드린다면 얼마나 좋아하실까.

그러니까 손주들이 보고 싶든 작은아들 집에서 계시기도 하고 말이야. 자랑까지는 못 한다 해도 우리 형제는 성공한 거잖아. 물론 그렇게까지는 지혜가 많은 제수 덕이기도 하지만 말이야. 제수는 서울대를 나왔잖아. 그런데도 서울대를 나왔다는 그런 내색은 어디에도 찾아볼 수 없잖아. 그래서만은 아니나 제수에게 고맙다는 꽃이라도 선물하고 싶어. 솔직히 형제 질서로야 손아래 동서지만 나이로는 언니잖아. 그런데도 제수는 손위 동서란 걸 잊지 않아.

이런 문제에 있어 누구는 그러더라고 집안이 흥하려면 여자가 잘 들어와야 한다고. 지금 생각이지만 동생은 온다 간다 말도 없이 어디로 가버린 거야. 그런데 어머니는 놀라시기는커녕 어디로 갔는지 다 알고 계시듯 다 큰 녀석이라 제 살길 찾아갔을 테니 그런 걱정은 하지 말고 밥이나 먹자고 하시는 거야. 그래서 어머니는 언제부터 대담하신 거냐고 묻는다면 동생이 좋은 직장은 아니나 취직도 했고.

야간대학이기는 하나 고려대 학생이 됐으니 걱정 안 하셔도 됩니다. 편지를 띄워드리기라도 하면 어머니는 받아보시고는 내 아들이 어떤 녀석인데 걱정은 무슨 걱정이야 앞으로 잘 될 거니 두고 보기만 하자 하실 거야. 그러니까 아버지가 안 계신 상황에서라고 보면 돼. 그래서든 어머니가 너무도 그립다는 건지 조수석에 자리한 형 전재명은 차창 밖을 스치는 비닐하우스를 한참 바라본다.

"그렇기는 해도."

"다시 말이지만 우리는 누구보다 가난하게만 살았잖아."

"그때는 그랬어도 지금은 아니잖어."

"그래, 아니지. 당시를 생각해 보면 그런 집에서 동생은 죽어라 도전해서 오늘인 거야. 내가 할 말은 아닐지 몰라도."

그러기까지는 제수 공로가 너무도 크다. 쑥스러워할지도 몰라 표현만 못 할 뿐이지만.

"죽어라 공부만이 아닐 거여, 운도 따라준 거지."

"운까지는 아닌 것 같다. 정확히는 제수씨에게 감사해야지."

"아주버님!"

"사실을 말한 건데 제수씨는 그러세요."

"그런데. 우리 애들을 동서가 데리고 있는데 어쩐지 모르겠네?"

신명순 손위 동서 말이다.

"제수씨 면전에서 말하기는 좀 그러나 우리 애들 제수씨 아니면 대학 꿈이나 꾸겠어요. 서울은 그만두더라도 말이요."

"그건 칭찬의 말씀이고, 저는 아까도 말했지만 나 더는 몰라도 조카들 대학까지는 책임을 질 거요. 공부야 잘하고 못하고는 지네들이 알아서 해야 할 일이라 어쩔 수 없다 해도 말이요."

"그러면 저는 보고만 있으라는 거요?"

"그건 아니니 오해는 마세요. 그리고 천천히 말할까 했는데 오늘은 말할게요. 그러니까 우리 형제들 연금보험을 들어 놨어요. 막내 기성이까지도요."

"뭐, 우리 연금보험까지를?"

"놀라실 필요 없어요. 그렇게까지는 동생의 제안이어요. 그러니까. 생각지도 못한 큰돈이 생긴 이유인데 이 큰돈을 어디다 쓸 건가 궁리하게 된 게 연금보험이요."

"그렇다 해도 우리 막내 연금보험까지는 아닌 것 같습니다."

"봅시다. 형님도 넉넉하게는 아니어도 부족해서는 안 되잖아요. 그런 점도 있지만. 조카들 내일 문제에 있어도 불안하지 않게 하자는 거예요."

"…"

우리 제수는 알고는 있으나 수학 천재다. 그러니까 이론의 수학 천재가 아니라 현실에 맞는 수학 천재 말이다. 아무튼 자신감은 장래가 보장되어야만 가능하지 않겠는가.

"그러면 매월 받게 될 보험금이 궁금하실 텐데 매월 3백만 원씩을 받을 수 있게 설계했어요. 그러니까 나이 55세부터 탈 수 있게요."

"그러면 우리 애들에도 말했을까?"

"말했지요. 보험회사에서 맞는지 묻게 될 건데 맞다고 하라고요."

"제수씨는 너무 무섭습니다."

"아니에요. 돈에 대해 착각들 하시는데 나누겠다는 맘이 없어서는 돈 속에 가두어진 거나 마찬가지다. 저는 그렇게 생각해요. 그래서 말이지만 방문을 열고 살자는 게 그동안의 소신이기도 해요."

"그건 맞는 말입니다."

"그런 문제 있어 잘했다는 생각이지만 빌딩까지는 아니어도 형님만 싫다고 안 하시면 집 한 채 정도는 사드릴 수 있어요."

"말씀은 고맙습니다만 저는 좋은 집이 필요 없어요. 지금이 좋아요."

"그리고, 작은엄마로서 조카들 애인을 찾아도 보고 사귀게도 할 거지만 애인 사귀는 데 필요한 돈도 줄 생각으로 있어요. 물론 아파트도요. 아파트까지는 자존심을 건드릴 수도 있어 조심해야겠지만 일단은 그래요."

　자랑할 건 못 되나 아파트 다섯 채도 살 돈도 모았다. 돈을 모을 생각에서가 아니었지만 그렇게는 둘이서 돈을 벌기만 했을 뿐 돈을 쓸 시간도 없었고, 그동안 도움을 주신 부동산중개업을 하시던 장로님을 찾아가게 됐고. 땅값이 오를 걸 미리 알았듯 땅을 매입하게 됐고, 주변에 대단한 건물이 들어서게 되는 바람에 땅값이 천정부지로 올라서다.

　그렇게 보면 땅을 헐값에 판 사람은 손해를 본 셈이니 이익은 본 입장에서 이익분 일부라도 되돌려주는 게 도덕적으로 옳을 수 있겠으나 그렇게까지는 여자라 그럴까 옹졸한 배짱이다.

"그래요. 남의 눈치도 있지요. 아무튼 이런 일은 아무나 못 하겠지만 여자가 앞장을 서야만 되는 일인데요."

"나도 그렇게 생각해."

신명순 손위 동서 말이다.

"말하지만 이런 일에 형님은 미안해하거나 그럴 필요 없어요. 형제를 돕지 않으면 누굴 돕겠어요. 형제를 돕는 건 남들 보기도 좋고요."

　손위 동서이기는 해도 나이로는 두 살 아래나 형님이라고 깍듯이 하게 되는데 그렇게까지는 가정 질서상이다.

"그렇게 되면 나는 아들을 빼앗기게 되는 거 아녀?"

"아들을 빼앗겨요?"

신명순 남편 전재순 말이다.

"형님은 아들 셋이나 되시잖아요."

손아래 동서 신명순 말이다.

"형수님 저는 누구도 아닌 삼촌입니다. 그래서 어려워할 필요도 없어요. 대학생 때를 생각해 불편해할지도 몰라 원룸에 있도록 할 거요. 형수님은 그리 아십시오. 물론 싫다고 하면 다른 방법을 찾겠지만 일단은 그래요."

"그렇게까지 안 해도 돼요."

"형수님 말대로 그렇게 안 해도 되지요. 그렇지만 삼촌이란 누구요. 때로는 삼촌이 부모보다 더 편할 수도 있어요."

삼촌들아! 지금 무슨 말을 하고 있는지 아느냐 말이다. 감이 잡힌다면 인간사 가까운 조카들부터 챙기는 게 맞지 않겠나. 그래서 미안은 하나 기부 천사라는 말은 칭찬할 일이 못 된다는 게 그동안의 지론이다.

"형수님이 해주실 일이 있다면 우리 집에 자주 오시는 거요. 그러니까 기만이 기철이 두 녀석을 보러 오시던지 말이요."

"아이고, 그렇게까지는…."

"아니, 그런 말 하고 보니 막내 기성이도 제 형들과 같이 있었으면 할 것 같은데 그런 말 안 해요?"

"왜 '안 해요.' 하지요."

"그러면 올려보내시고 김치도 만들어 주시는 거요. 형수님이 담근 김치 우리도 얻어먹게요."

"제가 담근 김치요?"

"봅시다. 형수님이 담근 김치가 그냥 김치겠어요. 안 그래요!"

그래, 그냥 김치일 수 있겠는가. 형제 우애가 담긴 김치일 것은 설명이 필요 없지. 그래서든 나는 어머니도 돌아가셔서 안 계시기에 살붙이라고는 누구도 없는 형제뿐이다. 형은 동생인 내가 잘됐다고 자랑도 하고 말이다.

"그렇기는 해도 저는 음식솜씨가 없어요."

"음식솜씨가 없다니요. 형수님 솜씨는 곧 어머니요 고향인 건데요."

얘기를 장황하게 하는 건 다름이 아니라 조카들이 어렵게 생각 안 해도 될 작은집이지만 친부모가 아니라는 데 불편해할지도 모르기 때문이다. 돈이 있는 작은아버지로서 큰집 조카를 돕는 게 당연은 하나 '용돈 부족하니 더 줘요.' 그런 말도 못 해서는 무늬만 삼촌이다. 그래서 용돈도 내 아들과 구분 짓지 않을 테다.

"그건 그렇고 아들 다 빼앗기면 안 되는데 큰일이네."

신명순 손위 동서 말이다.

"형수님이야 빼앗긴 기분일지 몰라도 조카들은 기선이더러 형형
하는데 그런 말이 삼촌으로서 여간 좋아요."

사실이다. 외톨이 아들한테 형이라고 누가 그러겠는가. 지금에 와
서 후회이지만 직업상 편리성만 따지다 보니 기선이를 외톨이로 만든
게 죄일 수도 있다. 그렇지만 되돌릴 수 없는 늦은 후회로 가정 분위
기는 왁자지껄해야지 않겠는가. 저 집은 사람 사는 집 같다. 떠들썩한
걸 보니 사람 사는 집 같다는 말은 적적하게 살 필요가 없다는 말 아
닌가. 비혼을 고집하는 총생들아!

물론 조용히 살고 싶은 맘들도 있을 것이기에 왁자지껄하게 살아
야 한다는 주장까지 펼 수는 없지만 말이다.

아무튼 삶은 어디까지나 개인 문제일 수 있다. 그래서만은 아닐 것
으로 짐작이지만 물 맑고 경치 좋은 곳의 전원주택이 좋아 보이는 눈
들도 있을 것이나 시끌벅적한 곳 집값이 높은 이유는 왜일까를 생각
해 보라.

부동산중개업 종사에 해당이 될 부동산개론이지만 교통 편리하
고, 시장 가깝고, 병원 가깝고, 문화시설 잘 갖춰진 지역 집값이 높다

는 말. 그러니까 장수는 공기 탁한 곳을 말함이다. 그래서든 외로움이 어디서 오겠는가? 자본주의 근본을 무시함에서 오는 게 아닌가.

"큰일이라도 이젠 소용없어요. 기만이 기철이는 우리 집에서 사니까요."

"허허허."

아우 전재순과 형 전재명 웃음이다.

"아주버님 웃음은 인정하겠다로 이해를 해도 되겠지요?"

"그거야…"

"아주버님, 우리 둘이는 이런 문제로 많은 얘기를 나눴어요. 물려받은 재산은 아니나 밥 먹고 살만하니 이젠 남 보기 좋게 살자고 말이요."

"고마운 말이요."

"고맙기는요. 우리는 형제뿐인데요."

시아주버니에게 이렇게까지 말할 수 있기는 큰돈은 아니나 시골로 보면 부자인 셈이기 때문이다.

우리 부부가 살만하게 된 것을 두고 누구는 운이라고 말할지 몰라도 턱없었던 학생 때 도와주셨던 조양호 장로님 덕으로 봐야 할 것 같다.

조양호 장로님은 가까운 인척 같은 분으로 학생 때 정을 잊지 않고 도울 수 있을 때까지 도와주려 애쓰신 분이다. 그래서 그동안 모아둔 돈이 있어 돈을 더 불릴 궁리 끝에 소망부동산을 찾아가게 되는데 그런 얘기를 하자면 다음과 같다.

"신 간호사님은 간호사 일 땜에 시간이 없을 텐데 무슨 일로 왔을까?"

"무슨 일이기는요, 장로님이 사주시던 엘에이갈비 생각이 나서 왔지요."

"허허, 학생 때 엘에이갈비?"

"그때는 미안해서 '엘에이갈비 먹어도 돼요?' 했어요."

"난 돈을 버는 사람이라 사줄 만한 능력이 있어서 사주는 건데 부담스러워했을까?"

"저는 말만 그랬지 부담스러워는 안 했는데요."

"그랬다면 다행이나 내가 이런 말까지 해도 될지 몰라도 가족이 적은 가정환경에서 신 간호사가 와주어 사랑스럽다는 생각도 들더라고."

"장로님은 그렇게 생각하셨는지 몰라도 저는 장로님 때문에 오늘이 있다고 생각해요. 감사해요."

"감사는 무슨 감사. 암튼 감사라는 말 듣기 좋은 말이기는 하나 내가 감사하게까지는 안 했어."

"아니에요. 잊을 수 없는 기억이지만 장로님은 첫 만남부터 한 가족이라고까지 하셨어요."

"내가 그렇게까지…?"

"사실이어요."

"난 기억에 없는데."

"그리고 저를 데리고 집에 가시더니 '여보, 우리 집에 귀한 손님이 왔어요.' 장로님은 그러시면서 '오늘부터 한 식구로 할 테니 그리 알아!' 장로님은 그러셨어요."

"아이고, 다 지난 기억을 하고 있네."

"그러셨음이 평생 잊을 수 없는 기억으로 서울대에 붙기는 했으나 대학 다니기는 불가능한 처지였는데 장로님께서 대학을 맘 놓고 다니게 해주셔서 대학병원 수간호사까지인데 그걸 어떻게 기억 못 해요."

"그래, 내가 도와주었다고 하자. 그렇지만 신 간호사 얘기를 들으니 와! 용감하다 그런 생각이 들었던 거여."

"장로님이야 용감하게 보셨는지 몰라도 저는 용감하지도 못해요. 다만 살아보겠다는 몸부림뿐이었어요."

"몸부림?"

"그렇지요. 몸부림이요."

"몸부림이 용감한 거지, 다른 게 있겠어. 안 그래?"

"장로님은 저를 너무 띄우시는 거 아니에요?"

"띄우는 말이라니 아니어 사실을 말하는 거여. 그래서 말이지만 좋게 보이는 사람 돕고 싶은 것이 인간 심리인 거여."

"그래요. 어떻든 제가 오늘이 있기까지는 장로님 덕분이어요."

"내 덕분이라는 말은 인정할 수 없어. 굳이 인정한다면 나는 신 간호사로 인해 인간관계가 무엇인지를 알게 된 거여. 그렇게 보면 내가 도리어 고맙다고 해야 할 말이여.”

“아이고….”

“아이고가 아니여. 그건 그렇고 신 간호사는 좋은 사람과 결혼해서 아들까지 두었으니 생활도 괜찮지?”

“예, 괜찮아요.”

“물을 필요도 없는 물음을 다 물었다. 미안해.”

“아니에요. 그런데 제가 이렇게 온 건 부탁드릴 게 있어 온 거예요.”

“뭐 부탁…?”

“예 부탁이요.”

“신 간호사에게 들어줄 만한 부탁이 있을까?”

“부탁이란 게 다름이 아니어요. 저희들은 돈만 벌 뿐 돈 쓸 곳이 없어요. 그래서 매달 받게 되는 월급이 쌓이기만 해요.”

“그래 돈 쓸 곳이 있다 해도 내일을 생각하면서 써야지, 그렇지 않고 아무 생각도 없이 쓰다가는 낭패가 기다릴 수도 있다는 점도 신 간호사는 참고로 해. 물론 잘할 줄로 믿지만.”

“알겠습니다.”

“내가 말하는 건 다름이 아니라 빚보증 같은 거 서지 말라는 거여.”

“빚보증이요?”

“그래, 빚보증. 이미 다 까발려진 내용이지만 어느 대기업 가훈이 빚보증 서지 말라. 했다지 않은가 그래서야.”

“알겠어요. 그런데 많지는 않으나 그동안 모여진 돈 투자할 곳은 없을까 해요."

"투자할 곳?"

"네 투자할 곳이요."

"그렇구먼. 그래 가끔이기는 해도 부동산중개업을 하다 보면 투자할 만한 물건도 나와. 그러면 모아둔 돈은 어느 정도?"

"많지 않은 4억 원이요."

"그래? 돈 벌기 시작은 얼마 안 된 것 같은데 열심히도 모았다."

"아니에요. 둘이 모은 돈이어요."

"그렇다 해도 신 간호사는 역시다. 그러면 괜찮은 물건 나오면 그때 보자고."

나는 그렇게 해서 건물 짓기 전혀 하자가 없을 야산을 포함한 밭을 4억 원에 사게 된 것이다. 부족한 돈은 은행 대출로 해서이지만 자그마치 열 배 가까이 주겠다고 해서 벌게 된 돈이다.

"그래요. 형제뿐이네요."

"그것도 있지만 저는 아주버님이 보시는 대로 기선이 하나뿐이라 힘이 없어요."

"그런데 왜 기선이만 두었을까?"

손위 동서 말이다.

"이제 후회한들 무슨 소용이 있겠습니까마는 얄궂은 직장 때문이에요. 그러니까 간호사직을 맘 놓고 하려면 걸리적거리는 게 없어야 해서요."

"얄궂다가 뭐여. 말도 안 되게. 누구도 부러워할 간호사직인데 그 것도 일반 간호사가 아닌 대학병원 수간호사."

나는 어쩌다 보니 형제뿐인 전씨 집안 손위 동서다. 그렇지만 학교 라고는 군 소재지 중학교까지만 다닌 처지라 잘나가는 동서 앞에서 는 심리적 압박감은 어쩔 수 없다. 그래서일지 몰라도 동서는 말을 자 주 걸어온다. 차 안이라 싫지는 않지만 말이다.

이런 문제에 있어 생각해 볼 수 있기는 가정 질서다. 신명순 간호 사는 손아래 동서라지만 나이로는 두 살이 더 많다. 그래서 가정사는 대화를 하자도 대답 정도라 여간 불편하다. 그래서 말이지만 집안의 어른인 할아버지 할머니가 있는 대가족 제도가 오늘날에서는 아니게 도 핵가족 시대로 변해버렸다는 데 아쉬움이 있다.

때문이라고 해야겠지만 나이 많은 입장들은 많이도 아쉽지 않을 까. 그래서든 집안 어른은 가정 질서를 유지시켜줄 절대권자라고 말 하면 바뀐 시대라 할까. 그렇다고 말할 수는 없어도 부모는 장남을 잘 난 사람으로 키웠는데 그것은 무엇을 말함인가. 설명까지 필요할지는 몰라도 가정 질서 차원이다.

만약이나 작은아들이 장남보다 더 똑똑하다는 이유로 높은 학교까지 보내서는 그동안 조용하던 가정 질서가 파괴는 물론 대접받아야 할 부모는 어서 죽어주기를 바랄 귀찮은 존재로까지임을 부모들은 무시하지 말기다. 전날에 있었을 전설만이 아니다.

"그래요. 남들은 부러워할 직업이라고 말할지도 모르지요. 대학병원 수간호사까지니까요. 그러나 서울대 출신들은 최소한 대기업 간부까지이어요. 물론 아닌 사람도 없지는 않을 테지만 말이요."

"그런데 제수씨는 제 동생을 어떻게 만나셨을까요?"
"그런 물음은 당신이 아닌데."
손위 동서 말이다.
"아니요, 그런 얘기는 숨길 일도 아니기에 도착시간이 많이 남았으니 심심도 해서 나 해볼게요."
"무슨 얘기를 하려고?"
조용하던 남편 전재선 말이다.
"그런 걱정은 안 해도 될 얘길 테니 염려는 말아요."

"저는 운이 좋게도 덕이 많으신 그러니까 이름을 공개해도 될 부동산중개업에 종사하시는 조양호 장로님이라는 분 배려로 서울대학을 다닐 때 기선이 아빠와 눈이 맞았다고 할까. 암튼 그렇게 해서 만나게 된 거요. 더한 얘기는 여기서는 아무래도 아닌 것 같아 형님과 단둘이만 할 생각이니 아주버니는 그리만 아십시오.”

“더한 얘기도 궁금은 하나 그렇게 하세요.”

“우리가 한 차를 이용하기는 처음이지요?”

신명순은 손위 동서를 보면서다.

“그렇지.”

“날씨도 우리를 행복하게 하네요. 아주버님.”

“그러네요.”

“그래서든 작은집인 우리는 큰집을 어머니 품처럼 여길 겁니다. 이건 한번 해보는 말이 아닙니다. 우리에겐 누구도 없이 단 형제뿐입니다.”

“고마운 말이요.”

신명순 시아주버니 말이다.

“그래요. 앞으로의 일은 알 수는 없으나 조카들과 함께하도록 해 주면 좋겠다 싶으니 형님도 이해해 주세요. 더 자세한 얘기는 나중에 하겠지만 말이요.”

“지금 말한 내용 기선이는 알고 있을까?”

손위 동서 말이다.

“알고 있을 거요. 아니 말했어요. 그래서 생각인데 형님도 아들 하나뿐이었으면 어쩔 뻔했을까. 엉뚱한 생각도 다 해지네요.”

아들 하나만 둔 것이 후회나 그런 점을 다소라도 만회하려면 조카들을 친자식처럼 만드는 것이다. 그렇게까지는 남편과 나눴던 그동안의 얘기 내용이지만 동생인 나만 잘사는 것 같아서라고 했다.

미안해서든 이것이 부모로서의 가르침이요, 가정의 평화요, 형제간 우애이지 않겠는가. 그래서 말이지만 형편이 된다면 누구든지 일것이니 참고 바란다.

그것들은 아무래도 아내들 몫으로 봐야겠지만 누구도 아닌 곧 신명순 본인이다. 그러니까 남편은 돈 벌어다 주는 역할이라면 아내인나는 남편이 벌어다 주는 돈을 내일을 위해 지혜롭게 쓰는 것이다. 지혜롭게가 뭔가? 굳이 설명하자면 오직 형제뿐인 조카들에게까지도보험상품 특성상 특약을 포함한 연금보험을 들어주는 것이다.

그만한 능력이 되기 때문이다. 물론 말한 바이지만 형도 누리고살아야 맘 편하지 않겠나 싶어서다. 그러니까 도와주고자가 아니라는것이다.

그래서 돈 많은 게 부자가 아니라 박정희 대통령이 말한 유비무환이다.

그래서든 처음엔 시부모님께서 지으셨다는 오래된 지금의 집 (지붕만 기와집) 헐어버리고 새집으로 지어드릴까 했었다. 그러나 새집을지어드리는 건 아무래도 자존심에 관한 문제일 것 같아 생각을 수정

하고서다.

가정적으로야 손아래 동서이나 사회적으로는 간호사인 신명순 시형제 가족은 더없는 행복 얘기가 진행되고, 남편이 붙든 운전대는 서해안고속로 상행선 '장안휴게소' 첫 번째 표지판을 지난다.

"그런데 점심은 신탄진휴게소니 그리 아시기요. 기사 양반."
"신탄진휴게소에서는 왜?"
"왜는 점심 먹고 가면서 말할게요."